驚いてくれますように♡。

阿津川辰海

套娃之夜

[日] 阿津川辰海 著

钱剑锋 译

北京联合出版公司
Beijing United Publishing Co.,Ltd.

图书在版编目（CIP）数据

套娃之夜 /（日）阿津川辰海著；钱剑锋译.
北京：北京联合出版公司，2025.6. -- ISBN 978-7
-5596-8409-7

Ⅰ. I313.45

中国国家版本馆CIP数据核字第2025ZE6460号

IREKOZAIKU NO YORU
© ATSUKAWA TATSUMI 2022
All rights reserved.
Original Japanese edition published by Kobunsha Co., Ltd.
Publishing rights for Simplified Chinese character arranged with Kobunsha Co., Ltd. through KODANSHA BEIJING CULTURE LTD. Beijing, China.

套娃之夜

作　　者：[日]阿津川辰海
译　　者：钱剑锋
出 品 人：赵红仕
策划编辑：魏一迪
责任编辑：龚　将
封面设计：张佳闻

北京联合出版公司出版
（北京市西城区德外大街83号楼9层 100088）
北京联合天畅文化传播公司发行
北京美图印务有限公司印刷　新华书店经销
字数150千字　787毫米×1092毫米　1/32　10印张
2025年6月第1版　2025年6月第1次印刷
ISBN 978-7-5596-8409-7
定价：64.00元

版权所有，侵权必究
未经书面许可，不得以任何方式转载、复制、翻印本书部分或全部内容。
本书若有质量问题，请与本公司图书销售中心联系调换。
电话：(010) 64258472-800

目　录

危险的赌博　*001*

~私家侦探·若槻晴海~

以"二〇二一年度大学入学考试"为题的推理小说　*069*

套娃之夜　*153*

六个激动的口罩人　*225*

作者后记　*297*

危 险 的 赌 博

~私家侦探·若槻晴海~

当有线索时，人们就会热情高涨，
不论是侦探追查犯人，
还是大家逛旧书店找书，都会如此。
不过，其兴奋程度比起找到离家出走的女儿来，
还是稍逊一筹。

——摘自若竹七海《再见的借口》（文春文库）

1

那是一家昏暗的咖啡店。

工作日的晌午，店里只有我和老板两人。

头发花白的老板用手往上推了推圆框眼镜，凑近脸看了看我递过去的名片。时下正值新冠病毒肆虐人间，老板戴着无纺布口罩，镜片上起了一层薄雾。

"若槻晴海先生是吧？听起来像是女人的名字呢！"

老板放下骨节分明的手，把名片放在柜台上。

"很多人都这么说来着。"

我耸了耸肩，仿佛这话已经重复过几百遍似的。"晴海"这名字，男人能用，女人也能用，看来老板是个保守的人。

"你这位私家侦探来这里，一定是无事不登三宝殿吧！"

"是的，我正在追查这个男人——牧村真一，35岁，自由撰稿人，专门给杂志写稿。"

我从薄薄的商务包里拿出一张照片放在柜台上，那是牧村的照片。原本是他在大学期间和高尔夫社团的朋友一起拍的合照，我单独放大了牧村的部分并打印了出来。

老板对照片毫无兴趣，只是直勾勾地盯着我的脸，好像要看出点什么似的。因为我也戴着口罩，估计是他看不到我的表情吧！

穿过K站前的拱顶，我来到秩序井然的繁华街道，而这家名为"香亚梦"的咖啡店就位于对面。店内大都是木纹装饰，看起来十分稳重。店老板戴着一副圆框眼镜，看上去有些古板。这种氛围的咖啡店只有在怀旧电影中才能看到。柜台和桌子上放着的塑料隔板，和店内的气氛格格不入。桌子上放着名片大小的宣传卡、写着店名的火柴盒，这些都具有浓浓的年代感。令和二年（2020年）12月，在这条洋溢着祥和气氛的繁华街道上，仿佛只有这里留在了昭和年代。而当我——一名私家侦探——坐在柜台前时，感觉自己好像成了电影里的人物。也许大家会说这逊毙了，但我一直幻想着能够成为黑白电影里的亨弗莱·鲍嘉。

"噢，这个嘛！"

老板只应了一句，不再言语。"电影"立刻就结束了。

我慢慢地将身子探到柜台上，拿着照片举到老板眼前。

"前天下午3点左右，他应该独自一人来了这里。"

"别靠太近，请您保持安全社交距离。"

老板依旧低着头不理我。

"他离开店的时间是4点04分。因为桌子都是四人座,所以如果他是一个人的话,肯定就坐在柜台。"

"这时间真够精确的啊!"

"我在牧村的房间里找到了收据。"

老板听到这儿才有了些兴趣,抬起头看了看我。

"是失踪吗?"

我摇摇头。

"是他杀。牧村真一来这里的当天晚上,就在家中被人杀了。"

"所以才请了私家侦探呀!"

老板眯起眼睛。

"不过如果是凶杀案的话,应该是警察来问话才对呀!怎么是你这位私家侦探在四处打听呢?"

"恕难奉告,我得保守秘密。"

在我断然拒绝后,老板"哼"了一声。

不过这是好的征兆,至少他已经对这事开始感兴趣了。

实际上,我要追查的并不是杀人案件本身,而是一件本该属于死者的东西。可是我又无法对别人悉数相告,于是只好分选信息,慎重地选择能让老板上钩的钓饵。

"牧村是被人从背后袭击头部死亡的。尸体旁边有一根带血的高尔夫球杆,应该就是凶器。周日中午,到了约好的采访时间，牧村还没露面，他的同事有些担心，于是赶到他家里，这才发现他已经遇害了。死亡时间据推断是周六晚上。"

老板依旧没有反应，于是我在鱼钩上又追加了钓饵。

"房间有被翻动过的痕迹，尤其是放在桌子上的包，里面的东西全都被翻了出来。看来那晚牧村一定和人有约，因为台历上写着'和朋友在家喝酒'的字样。"

我说到这儿，便陷入了沉默。

老板好像受不了这样的沉默，只见他把玻璃杯放到水池里，发出"咣当"的声音，响彻店内。

"昨天刚发现尸体，今天侦探就开始行动了。委托人也真够心急的呀！"

他手里闲着，便拿起放在柜台上的名片，拨弄着边角。老板慢悠悠地呼出一口气，挤出来一句话，语气十分谨慎，仿佛要让我，更重要的是要让他自己心服似的。

"我希望你能够理解，我并不喜欢在背后对客人说三道四。"

老板看了看我的眼睛，然后又移开了。

"客人来这里都是为了得到短暂的休息。虽然谈不上像自己的家一样，但是在这里能够放松身心，说说心里话。到了晚上，这里就会成为酒吧，有些人几杯酒下肚，就会吐露心声，说一些平时不会说的真心话，我和客人的交流仅限于此。在这个城市里，大家就那么一瞬，处于同一个时空之下，然后相互遗忘，因为大家深知离开这里便不会再有交集。近来店里客人锐减，所以来的每一位客人都值得珍惜。因此……"

因此，对警察或像我这样的人透露客人信息的话，就像是背叛信任自己的客人一样吧！好一个认真的男人，不过这只是他的矜持而已。我突然发觉这家在电影里才会出现的店，就像一家水族馆。在昏暗的灯光中，时光悠悠，当厌倦了街头的喧闹时，可暂作逃避之地、栖身之所。我一边抚摸着失去了光泽的木纹柜台，一边缓缓地开口说道：

"calm，英语中有'风平浪静'的意思，想必这就是店名的由来吧！[①]"

这店名十分适合认真的老板。这里是喧闹都市中的避风坞，能够让疲倦的身心得到休憩。

老板看着我，眼神为之一变，仿佛找到了知音一般。

"今天打听的事，我向你保证，绝不外露。"

老板慢慢地松了一口气。

"我记得照片里的那个男人，因为前天发生了一件令

---

① 日语汉字"香亚梦"的发音对应"calm"。（译者注，下同）

人印象深刻的事。"

老板缓缓地摇了摇头。

"就是你坐的这个座位,一个男人独自坐着。他拎着好几个附近旧书店的袋子,同时还有一个包放在大腿上。他先是整理着包里的东西,然后……"

老板指了指最边上的那个座位,和我隔着两个空位。

"那儿坐着照片里的男人。现在人人都要遵守烦人的社交距离,所以客人都要隔开一个座位而坐。塑料隔板就起到了隔离的作用,柜台每隔两个座位就放一块塑料隔板,也就是说一人占两个座位。可这样一来,客人就会减半,也真够郁闷的。"

"最边上好像只剩下一个座位呢!"

"柜台共有七个座位,平均下来就会多出一个。不过那最边上的座位,倒是要比其他的宽松些,还得请客人们多多体谅。"

老板用手指"咚咚咚"地敲打着眉心位置。

"周六下午3点的话……那个时间刚忙完午餐,正要开始卖点心套餐,也就是英式下午茶的时候。"

他慢慢地返回后厨,拿来装着账单的文件夹。他翻着账单,"对了,就是这张。"他使劲地点了点头。

"周六下午3点56分,热咖啡和磅蛋糕的套餐,这是照片里那个男人的账单。"

　　他在店里待了一个小时左右，4点04分离开，这和收据上的时间完全一致。

　　"而这张是下午3点02分，点的是冰红茶和奶酪蛋糕的套餐。这是另一个男人的，结账时间是3点35分。他看上去很赶时间，似乎只是为了把旧书店袋子里的书装进包里，才随便找了家咖啡店的样子。"

　　"啪"的一声，老板合上了装账单的文件夹。

　　"我之所以记得他俩，正如你所说的那样，是因为包。其实非常凑巧，他俩拎着同样的包。"

　　我拿着冰咖啡杯的手瞬间停住了。

　　"同样的包？"

　　"是的，款式、颜色都一模一样。先来的那位，就是你说的牧村，他把包放在了空椅子上，而后来的那位，则是把包放在了同一张椅子的下面。"

　　"椅子下面？当时柜台都坐满人了吗？"

　　"是的。后来的男人的座位，前面的客人走后刚消毒完毕，当时来的客人大都是一个人。"

　　我想象了一下当时的情形：我现在这个座位上坐的是后来的男人，而隔着两个位置，最边上的座位坐着的就是牧村。

因为牧村的位置是最靠边的，只剩下一个座位，所以他只能把自己的包放在旁边的椅子上。而如果按照塑料隔板来划分的话，这椅子原本应该是后来的男人放包的地方。

那天，柜台坐满了人，后来的男人找不到放包的地方，就只能放到椅子下面。这和电影院里的饮料支架一样，有时候因为某个人的错误，而导致坐在中间的人找不到放饮料的地方。当然，这位后来的男人最终把包放到了椅子下面，不过说不定他其实很讨厌在自己脚下放东西呢！

"不过话说回来，一模一样的包真是难得一见啊！"

后来的男人把好几个旧书店的袋子放到柜台上，调整了一下急促的呼吸后说："啊！你的包和我的一样呢！"

牧村听后，惊讶地瞪大了眼睛说："哎呀！真够巧的，你买了不少书呀！"他指了指旧书店的袋子。

男人心情大悦，开始说起买书的事来，而牧村则渐渐地失去了兴趣。好在此时男人点的东西到了，他专心地吃着奶酪蛋糕，和牧村的谈话也就戛然而止了。

这就是老板关于两人对话大致内容的回忆。

"这世道，陌生的两个人一见面就开始交谈，真是太罕见了。再加上他俩拿着一模一样的包，所以我才印象十分深刻。"

"是后来的男人先离开的吗？"

我总结道。老板使劲地点了点头。

"他是个什么样的人呢?"

"是个小个子,小短腿,看起来还有些驼背。他进来的时候,戴着围巾和手套,就像个雪人一样。他看似内向,实际上却意外地开朗,和牧村说话时就给人这种感觉。不,也或许是他对这一话题感兴趣的缘故吧!"

要找到这个男人,剩下的线索现在只有旧书店了。如果是这个男人经常光顾的店,那么店家对他一定会有所了解吧!

"男人所拎的旧书店的袋子,你还记得有什么特征吗?"

"有两家书店是明确的。"

他的回答超出了我的预期。

"一个是褐色的纸袋子,上面有书店的标志,是'九段堂书房',在这一带很出名。店里堆满了书,好书不少,在粉丝当中很有名。我店里的常客中就有'九段堂'的粉丝。"

旧书店都有粉丝,我听了大感意外。

"第二个袋子很普通,就是白色的塑料袋而已。我记得夹在书里的书签,是'雄鸡书店'。离那儿最近的车站是N站,买书就赠送店家手工制作的书签。"

"N站,连隔壁车站附近的书店你都知道呀!"

"都是听常客说的。这条街上有很多旧书店,而隔壁车站附近也有几家不错的。有时候大家不坐电车，特意走着去隔壁车站，这样沿路就可以逛逛旧书店。"

"原来如此。"

老板向上拢了拢白发。

"至于第三家，我一无所知。"

"还记得是怎样的袋子吗？"

"是个很普通的白色塑料袋，里面装着一本文库本和一本精装本，书的封底好像贴着白色价签。"

"这线索没什么特别的，要锁定范围很困难。"

我把老板说的两家书店记在本子上。

"这附近有多少家旧书店呢？"

"隔壁车站周边算在内的话，估计有十二三家。最近有些也许已经倒闭了。"

十几家，就这个量，如果逐家调查，今天之内似乎也可以完成。

"不过，那男人带着名片夹。"

"名片夹？"

"是的。他喝了一口咖啡，然后瞪圆眼睛'哦'了一声。之后又点了点头，拿起了店里的宣传卡。"

我拿起桌子上名片大小的卡片，放在柜台上问："是这个吗？"

卡片的正面印着店名、标志、地址和电话以及休息日等基本信息，背面则印着地图。

"是啊！他从包里拿出黑色的名片夹，把卡片放了进去。估计是喜欢这里的咖啡吧！我挺开心的。"

接下来老板摇了摇头。

"我和你是初次见面，都不知道自己乱说了些什么。总之，这么看来，他的工作连周六都要带着名片夹呢！周六也要上班？或许这和星期几根本就没有关系？"

我点了点头。

"最后再问一个问题。"

我合上笔记本说。

"牧村看起来有没有买什么东西呢？"

老板把手移到了下巴附近。

"这么说来，他好像买了点杂货，喜欢的餐具什么的。这条街上多的是时尚的杂货铺。"

"果然是这样啊！那么牧村的包看上去也是沉甸甸的吧。"

正当我自言自语时，老板突然"啊"地叫了一声。

"该不会是那个时候拿错包了吧！"

我沉默不语，而老板呼吸变重，他接着说：

"后来的男人的包里装着在三家旧书店买的书，而牧村包里装的是餐具。两人的包又同款同色,重量看上去也差不多。而且先离开的是后来的男人,当时他一副急匆匆的样子。柜台坐满了人,牧村的包放在旁边的椅子上,而后来的男人的包则放在椅子下面。先离开的后来的男人以为是自己的包,一把抓起椅子上的包就走了。"

我面不改色,只是盯着柜台上的名片看。

老板继续说道:

"如果事后牧村就被杀了的话,那么牧村一定是发现了什么东西,后来的男人的包里的东西……你是在追查凶手吗?"

"恕难奉告,我得保守秘密。"

我一口喝完已经变温的冰咖啡,拿起账单放在柜台上,然后便离开了。

2

实际上,他俩的确拿错了包,老板的推测准确无误。

牧村被杀时,他的包里有几本旧书、男人的名片夹、手套、围巾等东西。这是另外一个男人所携带的东西,和"香亚梦"老板的证言完全一致。他俩一定是在"香亚梦"拿错了包。包里没找到钱包,男人应该是把它放在了口袋里。牧村死后,在他的口袋里也发现了钱包。当他结完账离开"香亚梦"回家时,还没发现拿错了包。事情大概就是这样。

在包的内袋中,找到了折叠起来的旧书店的袋子,这也就是刚才老板所提到的。后来的男人,在店里把书从袋子里拿出来,然后把袋子放到包里,应该是打算过后扔掉的。能从老板那里通过袋子打听到旧书店的信息,真是太幸运了。

牧村的母亲看上去很随和,父亲优雅而不失威严,他俩在学生街开着一家中国餐馆。

听说自从大学时代起,牧村和父母的关系就变得疏远。

他没有选择当地的大学，而是跑到东京来上大学。刚才给老板看的高尔夫社团照片，就是牧村大学时期的。

在"香亚梦"老板面前，我借口"保守秘密"，拒绝了他的打探。其实我要找的是牧村包里的一本书。

昭和时期硬汉推理作家夕神弓弦的第二部长篇小说《斑驳的雪》精装本。牧村被杀那天，包里就装着他很喜欢的这本书。不过由于在咖啡店里两人拿错了包，所以它现在应该在另外一个男人那里。

能够帮助找到那个男人行踪的线索，只有来自三家旧书店的相关信息。如果有店员能认出他这位熟客的话，那将大功告成。这场赌博的确胜算不高，但也只能走一步看一步了。

我离开"香亚梦"之后，在手机上搜查老板告诉我的那几家旧书店的位置。搜集这些简单的信息虽然有些枯燥，但如果可以，我还是想在一天之内赶紧完成。

第一家旧书店"九段堂书房"，走路过去大约只有五分钟路程。第二家"雄鸡书店"，则位于"九段堂"的相反方向，大约有三十分钟的路程，散步过去还是得花点时间的。不过从隔壁N车站走路过去只需要十分钟，所以先坐电车过去也行。

问题是第三家，毫无线索。只能在附近的旧书店中逐一寻找了。

我穿过站前商业街的拱顶,在幽静的住宅区入口处,找到了"九段堂书房",店内十分明亮。

店门口摆着均价书摊,只见一个戴着黑布口罩的男人,正在一本一本地仔细翻看。在这里无疑可以买到便宜的书,看他这么认真地找书,应该能淘到宝贝吧!

我走进书店,书架之间有三条通道,巨大的书架从地板一直延伸到天花板,密密麻麻地陈列着旧书。通道很狭窄,仅够一个人通行。要找高处的书必须得用梯凳。

这简直就是一座用书堆砌而成的要塞。

店门口摆着一台消毒机,它能够自动喷射消毒液,我把手伸进去消了消毒。同时也很困惑,不知是否可以用喷过消毒液的手去碰书。不过既然门口摆着消毒机,那就是必须得先消毒的意思吧!我多搓了几次手,等它干了再去碰书。

书架上有文库本、单行本、电影戏剧、美术等书籍,分门别类,整理得清清楚楚,摆放得一目了然。推理、科幻书也不少,按国内和海外分开。我看到了东京创元社的《犯罪俱乐部》丛书,早川书房的《袖珍推理》丛书和"恶棍帕克"系列,还有以《星期五拉比睡到很晚》为首的"拉比"系列。《记得帕科吗》《痛苦的巨犬之夜》等也陈列其中。我不由得拿起一本书，看了看价格。价格算不上贵，也算不上便宜，这让客人很难抉择。

这座书之要塞的主人，端坐在中间那条通道的尽头处。店主前面站着一位身形瘦削的男人，他正拿着一本书给店主看。

"钱多少无所谓，就收了它吧！"

男人单手拿着书推到了店主眼前。这是一本在便利店就能买到的廉价漫画。

店主立刻皱起了眉头。

"我家不收漫画。你要卖的话，就卖给连锁店吧！"

"那里根本就卖不到几个钱。那边的架子上不也有漫画吗？那些可以，为什么我的就不行呢？"

"那边的漫画是经过严选的，都是早些年的珍稀版本。比如手冢治虫早期作品的初版啦，藤子不二雄以足冢不二雄名义发表的作品之类的。"

"不是有文库本吗？那些也很新呀！"

"那可都是好东西啊。萩尾望都的作品，经典中的经典，当然值得一读。那是我老婆放的。"

最终竟是按个人喜好摆放的。

"什么玩意！真是的！"男人扔下一句，气冲冲地大步走出书店。

店主看向我，有些尴尬地耸了耸肩说：

"让您见笑了！"

店主眼角堆笑，神情慈祥和蔼。

"哪里哪里。还有这样的人，真够麻烦的啊！"

"开门做生意的，没办法。如能卖些自己喜欢的书，那的确很快乐，可很难全是这样的呀！现如今，客人少了很多，每位客人都要珍惜。话虽如此，可我还是有底线的啊！"

我笑了笑，表示赞同。

"客人您是第一次来吧！喜欢海外的推理？还真够资深的呢！"

"为什么这么说？"

"刚才你不是拿了《痛苦的巨犬之夜》吗？那真是一本好书啊！"

原来他看到了呀！真不愧是要塞的主人，无一疏漏。

"大学时期我看过，算起来都是近二十年前的事了。第一人称复数的叙事十分新颖，虽然不到两百页，但通读它还是花了不少时间。不过真的是本好书。"

"是呀！是好书。"

店主满意地点了点头。

我靠近柜台，把名片递给他。

"实际上我是要找一位来过店里的客人，受他家人之托。"

店主瞥了一眼名片，然后哼了一声，又把它扔了回来。名片飘在空中，随即落到了地板上，边上的客人无意间踩到了它。

"不是客人的话，就请回。"

店主扔下这么一句之后，又开始埋头工作了。他正在用半透明的纸包着晒黄的书。他双手十分灵巧，神情也十分专注，令我不由得屏住了呼吸，可能这就是所谓的匠人气质吧。

店主观察细致入微，颇具眼力，他一眼就看到我所拿的书，这便是证据。我真想好好和他谈谈，但是他却心门紧闭。

我一边想其他的方法，一边蹲了下去。我捡起自己的名片，掸了掸灰尘，犹豫着是否要再次放到柜台上，但最终还是作罢，放回了自己的口袋。

我看了看周围的书架。突然，在推理小说的文库本当中，发现了一本令人怀念的书。早川推理文库的黄色书脊的《血腥的收获》，达希尔·哈米特著，小鹰信光译。故事发生在强盗们控制下的废弃城市"帕森威里"，为了整顿城市秩序，应邀而来的大陆侦探社硬汉侦探奥普大显身手。可是故事的展开根本谈不上整顿，简直就是以牙还牙的血淋淋的斗争。还有那无情冷血的情节描写，都让人醉心不已。当时读来真是酣畅淋漓，如今想来，这也许就是我喜欢上硬汉推理的契机吧！

我拿起《血腥的收获》递给店主，店主瞥了一下书问道：

"要买吗？"

我微微点了点头。

"去年五月出了新的译本，只是书名改为《血的收获》了。"

"这样子呀，不过这本还是要买，我想收藏这个版本。"

店主似乎很满意我的回答，他停下手里的活，从我手中接过书和零钱，马上开始结账。

"这样一来，我和你就成了主顾关系。既然是客人，那有问题就尽管问。你想知道些什么呢？"

"前天应该有个男人来过这里，他带着《斑驳的雪》这本书，我想知道他的一些情况。"

我把男人的相貌特征告诉了店主，店主"嗯嗯"点了点头。

"他经常来，我偶尔也会和他聊聊天，不过不知道他叫什么名字。他的喜好挺特别的，所以我印象很深。"

"前天他买了什么书或者什么资料吗？"

店主用手指敲了敲眉心。

"好像是……《13场判决》和《装在坛子里的妻子》。

《13场判决》是讲谈社文库出版的海外法庭推理精选集。《装在坛子里的妻子》是特色作家短篇集的第十八卷，虽然有了新版，但之前的没有再版，所以价格很贵。我随口报了个价，结果他反问我'怎么这么便宜呢？'，便满心欢喜地买了下来。"

店主的语气有些开心，又带点自豪。

"对了！他买《13场判决》的时候，的确提到说有助于工作。他大概是作家、编辑之类的吧！"

"作家？编辑？"

"应该没有律师会把法庭推理小说当作参考资料的吧？"

他幽默地说，连自己都忍不住笑了。

"那男人来卖过书吗？"

"没有，他只是买书。如果卖过书的话，就能知道他的名字了。上门取货的话，就连家庭住址都会一清二楚。不过，你是个私家侦探，我可不能什么都告诉你。"

我耸了耸肩。

"当然，我觉得你并不是那样的人。不过我还是有点担心，如果他把我正在追查的《斑驳的雪》卖给哪家旧书店就糟了。"

"嗯，也就是说，你要找的与其说是那个男人，倒不如说是《斑驳的雪》那本书,那本书肯定很特别吧!"

"对委托者的家人而言,那本书充满了回忆。它从委托者儿子那里阴差阳错地转到了那个男人的手里。"

我觉得这说了也无妨,于是就告诉了店主。店主并不像"香亚梦"老板那样爱打听,只见他心不在焉地回了话之后,便消失于后屋。

过后店主拿着一本书回来了。

我不由得屏住了呼吸。

那是一本装在匣子里的精装书,封面上白底黑字印着书名和作者名,好像路面积雪消融,露出下面黑色沥青的样子。

"这是昭和时期很流行的装帧,是出版了许多推理作品的K社发行的,是十位作家共同创作的'新时代推理小说'系列中的一本。"

它的销路并不好,店主一边说一边把书递给我,他十分小心谨慎,像是把自家孩子交给别人抱一样。

"十位作家,风格题材多样,从以解谜为主的本格推理,到间谍小说、悬疑推理、官能推理等等,夕神弓弦负责的则是硬汉推理。"

店主从匣子里拿出书,打开,先翻到中间,然后回到开头。"城里的雪下了一天就停了。"就这么毫不起眼的一句。

"好看吗？"

"嗯，还行吧！故事发生在东京，讲的是追查离家出走的女儿的故事。女儿失踪当天，东京下了第一场雪。私家侦探真宫开始调查的那天，就像封面那样，残雪和露出的沥青混杂在一起，所以叫《斑驳的雪》。读到最后，我觉得这题目很符合意境，嗯，我特别喜欢。"

店主摸了摸稀疏的头发说：

"这书明显受到了美国作家罗斯·麦克唐纳的影响。这才是夕神弓弦的第二本书。鼎盛期的罗斯·麦克唐纳，比喻丰富多彩，叙事者完全隐身。在这些方面，夕神无法与他相提并论，还是略逊一筹。"

店主竖起四根手指。

"夕神从《斑驳的雪》开始，以私家侦探真宫为主人公，连续发表了四部作品。三部长篇分别是《斑驳的雪》《无影之鸦》《风尽之日》，还有一部短篇集《想要抹去的灵梦》。目前只有《风尽之日》还没有文库本，《想要抹去的灵梦》的版权转让给了其他出版社，现在也出了文库本。"

店主滔滔不绝地讲起书籍出版信息来。

"想看《斑驳的雪》的话，文库本就可以了。作者写到该系列的第三部作品时,已经相当成熟了,他对文库本进行了修改,比精装本更流畅。文库本的第三版,还有一个特别的惊喜,就是出现了真宫的名字[②],这在之前的版本里一直都没有提及。但也许是因为读者没多大反应,也许是因为作者自己觉得没有必要,总之从第四版开始,真宫的名字又消失不见了。"

店主嘴上说这本书勉强不错,却调查得如此仔细。我从上面的基本信息知道了这本书和作者的概貌。

"市场价格是多少呀?"

"在我们店里,精装本定价两千。嗯,也不算太贵。最近,短篇集《想要抹去的灵梦》文库本再版了,加入了之前没收录进去的三个短篇。这受到了昭和推理复兴爱好者的喜爱,以此为契机,精装本的市场价格也稍稍上涨了些。尽管如此,也才两千。收购的话,会更便宜。除非经济上特别困难,大家应该也不会想着要卖掉。"

我点了点头。

"话说回来,真是够奇怪的啊!一个私家侦探竟然在追查一本书。你追查的男人不会就是犯人吧?"

"啊!我只是为了完成任务而已。"

---

② 真宫只是私家侦探的姓。

"就算没这任务，估计最终你也能找到犯人。"

"嗯，我又不是第一次干这种危险的事了。"

我耸了耸肩。

在这家书店能打听到的消息，应该也就只有这些了。

突然，我的眼睛停在了柜台的边缘，杂志架上放着一张折叠成 B5 大小的地图。

我拿起地图打开，地图上有 K 站和 N 站附近旧书店的详细信息。地图上还标出了各家书店的位置，其中就有"雄鸡书店"。

"这张地图是？"

"一年半前，附近的旧书店一起制作的。嗯，就是所谓的城市复兴。有些信息都过时了，现在有些书店也都倒闭了。想要的话，你就拿去吧。"

"太好了！"

我把地图装进怀里，向店主道谢后便离开了。

3

从"九段堂书房"先回到 K 站，再坐一站电车便到了 N 站。虽是相邻的两个车站，氛围却完全不同。与刚才的繁华热闹相比，这里给人的印象就是杂乱。站前店铺无序，遍布着咖啡店、杂货店和小酒馆等，连商业街入口的拱顶都灰不溜秋的，毫不起眼。不知何时被吊到拱顶上去的犀牛塑像，连眼睛都生了锈，就这么一直盯着已经倒闭的小酒馆的铁门看。

我从车站出来，穿过拱顶，又走了五分钟，仍然没找到"雄鸡书店"。

我突然想起会不会就是刚才那里啊？停下来看了看地图，发现果然就是，于是又折返回去，可是"雄鸡书店"店门紧闭。

铁门上贴着一张纸，上面写着"逢星期一休息"。

我的期待落空了。还以为今天之内就能搞定，但是事情进展却并不顺利。铁门里面传来一些动静，看来店主也许就在里面，应该是忙着盘点、整理内务吧！如果贸然闯入，估计也不会告诉我想要的答案。

无可奈何之下，我只得先去找第三家旧书店。

线索有三条：白色塑料袋里装着书；白色价签；星期六开门营业。我试着排除星期六关门的书店，总共有两家。

再除去"九段堂书房"和"雄鸡书店"，剩下的八家散落在从"雄鸡书店"通往 K 站的路上。我试着查看门口均价书的价签，还有客人从店里走出来时手里拎的袋子，逐一确认，不符合的就在地图上打"×"。

在排除五家之后，我走进住宅区。在道路的右边，立着一块毫不起眼的白绿色的灯饰招牌，上面写着"书屋三吉"。"三吉"字眼的右下方，已经出现很大的裂痕。仿佛在这条街上，活着的只有我和这冷冷清清的灯饰招牌，书店本身好像已经被这条街遗忘了。

我在拿到的地图上，并没有看到"书屋三吉"。旧书店街连接着大路，地图在右边道路进入住宅区的地方戛然而止。我突然感到十分孤单，仿佛被这世界背叛了一般。

我站在"书屋三吉"前。这是一家小店，推车里摆放着均价旧书，上面积了一层灰。入口处摆放着这星期刚出的周刊和二手周刊、漫画以及色情杂志等。我们在杂乱的街区，总能遇见这样的旧书店。书店的主要收入恐怕就来自于周刊和色情杂志吧！推车里的旧书也是杂乱无序。

我随意地翻了翻推车里的旧书。有些没有封面，有些破旧不堪，有些脏兮兮的，在这堆书中，有一本书吸引了我的注意。但与其说是我发现了它，不如说是它在召唤我。它黄色书脊，角川文库出版，是乔·戈尔斯的《追捕》。封面正中间画着一个男人，他戴着黑色的宽边高呢帽和太阳镜，身穿黑色夹克衫。尽管看上去有点做作，但如实地传达出超越时代的冷酷来。它让我想起紧张刺激的追捕片中常见的硬汉，于是我不由得停下了脚步。这真是一本好书。

我看了看书的封底。

白色价签上印着"100"的数字。

我拿着《追捕》走进书店。

店内充斥着刺鼻的味道，那是旧书的味道，还夹杂着霉味和男人的汗臭味。

记得"九段堂书房"店主坐镇的柜台位于里面，而这家店的店主就坐在入口处，或许是为了防范那些想要顺手牵羊的人吧！客源不同，旧书店的布局也会相应地有所不同。

店主五十岁左右，满头白发，十分醒目。他抬起浮肿的眼皮，看到我手中的书，眼睛为之一亮。

我站着没动，此时店主伸出了手。

"不买吗？"

"啊？嗯嗯……"

我拿出钱包,把一百硬币放在托盘里。

"找到宝贝了呢!"

"宝贝?"

刚才在"九段堂书房",由于我讲话太过主动直接,导致店主变得十分警觉。而在这里,店主竟然主动开口和我说话,真是惊喜。

"这是我很喜欢的一本书。像这样,当有客人偶然发现它时,我会无比开心。"

"这样子呀。那为什么不放在店里的架子上,标个高价呢?"

"可是它又算不上高价书啊。你买的这本书,现在的确放在均价车里,不过最贵也就五百元吧!"

由于外观,我好像对这家旧书店持有一定的成见。还以为是随随便便定个价就扔到均价车里的呢。没想到其中竟然还有着这样的心思,这对店家和客人而言可是双赢。

"你藏起来的'宝贝',找到它的客人多吗?"

"只有一小部分客人而已。不过最近运气很好,上周有一位客人,今天是你,连续两周了。"

"上周?"

"是呀,上周的休息日,记得是周六吧!那人和你一样也买了推理小说,一本是史丹利·艾林的《第八层地狱》，早川袖珍推理版的；另一本是马克斯·艾伦·柯林斯的《黑衣大丽花》。"

"《第八层地狱》的确是本好书，竟然可以从门口的均价处理书堆里找到，这是在做梦吧！《黑衣大丽花》，我没看过，和《黑色大丽花》是不同的书吗？"

"那是詹姆斯·艾尔罗伊的书。这两本书都取材于真实的妓女被杀案件，只不过柯林斯把它改编成了私家侦探奈特·海勒破案的故事。"

虽然我对这话题很感兴趣，但还是回到了自己想要了解的问题上。

"听起来你和上周的这位客人很是投缘呢！他人怎样？是第一次来吗？"

"是第一次来。记得当时他坦率地说在这种路上竟然还有旧书店。三十几岁的样子，个子不高，情商挺高的。"

如果是第一次来的客人的话，那估计也不会有什么线索了。找到这家书店时感觉挺好，但现在看起来似乎要竹篮打水一场空了。

"嗯，我在找《斑驳的雪》这本书……"

书名一出，店主眼里又有了光。

"啊，那是本好书，真是太赞了。"

"我还从来没看过这位作者的作品呢！"

"这部作品可以说是夕神弓弦的最高水准。这是他早期的作品，这本长篇小说几乎集合了他的所有特色。描写家族悲哀时那冷酷的笔法，令人着迷；还有主人公真宫，一开始几乎没有什么存在感，但是随着情节的推进，人物形象逐渐变得丰满，情感变得丰富，谋篇布局也堪称精妙。与其说它是硬汉推理，倒不如说它继承了新本格推理的传统。还有那诡计，令人耳目一新。重新翻看，仍能体验到夕神笔下的惊险刺激，读来意犹未尽。

"夕神的风格颇受大家争议。不过在我看来，尽管如此，他那鲜明的风格，就足以证明他是一个天才。'城里的雪下了一天就停了'，以如此不起眼的一句话，开启了一整个故事，这让人无法想象《斑驳的雪》才是他的第二部作品，个性十足。也有人说他后期那些圆滑的作品才更有味道，不过在我看来，还是更喜欢他早期有棱有角的犀利文风……"

店主打开了话匣子，滔滔不绝，如果不打断他的话，将会一发不可收。记得"九段堂书房"店主说这部作品本身勉强不错，这又和他的说法形成了鲜明的对照。

"不好意思……"

"啊！我说得太多了！哎呀，这下你自己看的时候一定会埋怨我剧透的。"

店主有些不好意思地眯起眼睛,用手挠了挠后脑勺。

"对了,等有货了,我一定给你留着。嗯,就这样。"

"不用了,我不住在附近。等有货了,就当作下一次的'宝贝'吧!"

我没想过自己还会再来,也没必要来。

不过心里还是想着说改天还可以来寻宝。

"我自己再找找。再见!"

4

"书屋三吉"刚好位于两个车站的正中间,所以去哪个站都行。我心想没必要再去旧书店找线索,于是决定去离家比较近的N站。

连接男人和书的线索全断了,接下来唯一能做的就是等"雄鸡书店"开门之后再去一趟。不过,想想之前在那两家书店打听到的信息,我并不抱多大希望。我的想法太缺乏实际,看来还是得试试其他的方法。

我又来到"雄鸡书店"的附近。

我停下脚步。

书店的卷门竟然打开了。

我站在路上向内看,发现店里有一个女人,她系着围裙,应该是店员。估计她之前一直忙着店里的活,累了乏了,于是拉开卷门,到门口来透透气。

我假装不知道今天是休息日,装成偶然路过的客人,看到店门开着,就以为是正在营业中。这样的设定看起来十分合理。我稍作犹豫,不过只有一瞬。

"你好。"

我钻过卷门,慢条斯理地打了个招呼。

女人回过头,一举一动都很文静。她身材苗条,个子高挑,刘海很长,快要遮住眼睛,给人一种阴沉的感觉。在聚氨酯材质的口罩外面,还戴着一个无纺布的口罩。

"啊,不好意思。今天我们不营业。"

声音清澈透亮。

"哎?这样啊!"

我一边环顾店内,一边想着接下来的对策。

书店是两层阁楼,从二楼的天窗透进来和煦的阳光。之前的两家书店都充满着浓重的旧书气息,而这家更多的是木头书架散发出来的清新味道。洋溢着手工气息的流行装饰,五颜六色的书脊,在冬日晚霞的映照下,熠熠生辉。人在店内,却仿佛沐浴在树叶缝隙间透进来的阳光之下。

"请问你……"

她眯起长刘海后面的眼睛,几乎是在瞪我,同时朝店里的固定电话机走去。

在她看来,我的确形迹可疑。她明明说了今天不营业,我却仍然闯进来,还默默地盯着书架看,而且店里只有我们两个人。我发现她要报警,于是毫不犹豫地对她说:

"实际上我是做这个的。"

我把名片递了过去。

她接过名片，漂亮的脸蛋有些扭曲。

"私家侦探？"

"我在找一个男人，因为他有可能是这里的客人，所以就想打听一下。"

她看了我一眼，然后视线回到手中的名片上。

"哦，这样啊……这名片边上都是折痕，还脏兮兮的。你这私家侦探也够随意的，能换一张吗？"

店主的语气很冷淡，还带着嘲讽，我不禁感到一阵凉意。

"不好意思。名片刚好用完了，这是最后一张。"

哦，她简短地应了一声，同时随手把名片放在桌子上。

"我想打听一下上周六，来过店里的某个男人的事情……"

"这种事，谁能记得清？"

"那男人个子不高，小短腿，应该是作家或编辑，不知你有没有印象？"

"作家？难不成是 HIRUMA……"

她话说到一半就打住了。

我还以为太过直接了，谁料竟有奇效。因为太过于不费吹灰之力，我甚至都觉得有点没劲了。私家侦探破案时，有时的确也靠撞大运。

"原来是你认识的人啊！请问名字是？"

"嗯……"

她摇了摇头。

"在弄清楚你的目的之前，我是不会说的。"

只见她双唇紧闭，不再言语。

我眼神游离不定，想着接下来该说什么。

此时，我在书架上发现了装在匣子里的《斑驳的雪》精装本。

我不由得吃了一惊。

我拿起匣子抽出了书，书贴着透明的膜，边缘稍微有些破损。

"啊，等一下。"

我无视她的阻拦，体会着薄膜紧紧贴合在手心里的感受。我打开书，发现里面夹着一张卡片一样的东西。我不禁拿在手里，原来只是一张明信片，即之前的读者卡，大小和5寸照片差不多。读者卡的边缘已经泛黄，上面写着出版社——M社。

"都和你说了，今天我们不营业……"

"啊，实在是不好意思，这本刚好是我要找的书。"

女人一脸诧异的表情。

只见书架上设有"狗狗"主题的专区，从老一点的书到新书，五花八门，一应俱全。老一点的书有：阿加莎·克里斯蒂的《沉默的证人》、罗伊·维克斯的《真相大白》、迈克尔·Z.卢因的《流浪狗的故事》、迪恩·R.孔茨的《守护神》以及艾萨克·阿西莫夫主编的《狗狗主题的推理小说》等。新出的书有：罗伯特·克拉斯的《犬的证词》、波士顿·德兰的《那狗所到之处》、保罗·奥斯特的《地图结束的地方》等。此外，还有大开本的《世界最美狗狗图鉴》。甚至还有电影《疾速追杀》的宣传册子，这部电影讲的是一个杀手的故事吧！难道也有狗出场吗？

此外，还设有一些其他专区，密密麻麻地摆放着，如"警察小说的世界""倒叙推理小说特集""猪猪主题""周末要读的世界末日 SF"等，我对这些都很感兴趣。特设专区名称的字十分时尚，笔力遒劲，无拘无束，清新脱俗。

在特设专区的书架上，我的目光停留在"本格推理作家蛭间隆治钟爱的推理小说！"的字眼上。那里陈列着国内外的众多名著，还有"蛭间隆治"的评论集，里面收录了他对每部作品的评价。此时我注意到"蛭间"这姓氏和刚才女人所说的"HIRUMA"发音相同。

"九段堂"是一家率性随意的专业书店，"书屋三吉"则是街头一家稍显杂乱的旧书店，而这里装修考究，光是书架就让人赏心悦目。专区所有的书，单看整理归类，莫名的幸福感便油然而生。

"书架真不错啊！"

我不由得称赞道。

她对此感到有些意外，只见她睁大了眼睛，然后深深地叹了口气说：

"总之，请你先把书放回书架，有什么话再说。"

我顺从地把《斑驳的雪》放回了书架。

"这本书里有狗出现吗？"

我回想起和"九段堂书房""书屋三吉"店主之间的对话，其中并没有谈到狗的内容。

我原本只是随便问问，没想到店主的反应竟是如此强烈。

"嗯，肯定有呀！而且可以说是最重要的场景呢！"

她的语气变得亲密、热情起来，好像我是她的老朋友一样。

"《斑驳的雪》这本小说中，有一幕场景让我难以忘怀。那是私家侦探真宫去拜访养了一条狗的老男人的场景。那是第十四章，故事已经讲了一半。开头一句写道：'他的身体散发着甘美的死亡气息。'这给我留下了深刻印象。这老男人，明明活着，却像死了一样。丧妻之后，只有一条狗陪伴他左右,聊以慰藉。"

"三年前,我也失去了妻子。"

其实我没必要提起这事。

"好可惜,年纪轻轻的!"

"是自杀。她留下遗书,在车里烧炭自杀了。"

她屏住呼吸。

"所以我能明白丧妻之后的不安和孤独。"

"那《斑驳的雪》中的这个情节一定会让你感到心痛。"

她轻柔地说着,像是在宽慰我。

"狗和自己谁先死,在平静的对话中流露出不安,作者拥有高超的写作功力,完全不像个新人。虽然整体上的谋篇布局有模仿海外小说的痕迹,但这一幕场景却散发着独特的光芒。如果狗先于自己而死,那么独活于世的男人肯定无法忍受这份孤独。还有很多没吃完的药,垃圾桶里塞满了袋装泡面的残渣。他想尽一切办法让自己的身体变衰弱。但是,真宫马上看出来了他的半途而废,他并没有坚持下来。虽然口口声声说着死了算了,但他连死的勇气都没有。

"那条狗充满生命力,看起来要弃男人而去。在真宫看来,那条狗似乎代表着男人的求生欲望。男人体内的生存欲望,全部寄托在狗的身上。因此在真宫眼里,那条狗的快乐奔跑似乎就是'向着死亡缓慢奔跑'。"

她滔滔不绝，我甘拜下风。

"真有意思啊！目睹这一切的真宫竟然是如此表达的，真有意思。"

看到她点了点头，我继续说道：

"这一幕场景和推理本身有关联吗？里面是不是隐藏着什么线索呢？"

我问，她陷入了沉默。

"啊，好了，好了，不说了，再说下去就剧透了。"

我双手抱在胸前。

"不过刚才所说的都是同一幕场景吧！"

"全书共三百页，这仅仅是其中的十六页而已。"

"说起来也就是一小部分的内容，你对其他，比如故事的结构、结局这些都不感兴趣吗？"

她皱了皱眉，很坚决地说：

"这本书单凭这短短的几行文字，就让人终生难忘！"

我沉默不语。

"《斑驳的雪》，对我而言，就是一个关于老男人和一条狗的故事。虽然不敢说我的解读一定准确，但我就喜欢这样的解读。"

她一口气说道，然后涨红了脸，低下了头。

041

"请忘记我刚才说的话，我竟然对客人这么较真。"

我终于觉得可以喘一口气了。

"不，是我不好，是我说了些挑衅的话，不过我对这本书越来越感兴趣了。"

她目不转睛地盯着我看了一会儿，然后"噗"地一声笑了出来。两人之间的空气突然变得甜美、亲密起来。

"你看起来不怎么像私家侦探呢！"

她坦率地说道。我笑着问："为什么呢？"她从低垂的刘海后面向上看了看我，好像要看穿我似的。

"从你的言行举止，我觉得你仿佛就像是从小说中穿越而来的人物，不像真的。"

"过奖过奖！"

我耸了耸肩。

"对，就像现在这个动作，"她说道，"像这样的一个个动作。现在的你，似乎完全不关心要调查的东西，只对《斑驳的雪》感兴趣。"

"真的吗？"

"当我说到狗时，你身子都前倾了呢。"

她用食指和拇指夹住自己的刘海把玩着，并从手指后面警惕地看着我。

不，她并没有在看我，她那眼神像极了遇到鬣狗时小动物那拼命的样子,紧盯着门口的方向。

我看向门口,在门边看到了一个人影。

我赶紧对她道了声谢,便要夺门而出。

"等一下,我想起《斑驳的雪》里还有一个有意思的地方。"

"不用了,告辞。"

我摆脱想要缠住我的她,来到店外。

我看到一个男人的背影,消失于前往车站的方向。

5

我从背影认出那是个男人,他有点驼背,小短腿。他急匆匆的步伐,不知道是习惯,还是因为已经发现我在跟踪他。

那时,"雄鸡书店"的店主看到了站在门口的蛭间。两人看来是老相识,刚才店主脱口而出的"HIRUMA",店里又设有"蛭间隆治钟爱的推理小说!"专区,甚至旁边还放着蛭间的评论集,由此可见两人的关系。听到私家侦探在打听蛭间的行踪,她觉得十分可疑,于是用眼神向蛭间暗示"快跑"。虽然蛭间不明白到底有什么危险,但他还是选择先离开为妙。

突然我心中产生了一个疑问:蛭间为什么要在休息日来书店呢?

如果他是店里的常客,是不可能犯这种错误的呀!

算了,现在这些疑问都是鸡毛蒜皮的小事,没什么大不了的。最要紧的是包里的东西,而包就在眼前。我一路跟着蛭间。在离"雄鸡书店"最近的车站上车,一路坐到终点，然后换乘别的车。我用余光盯住蛭间不放，同时用手机搜索"蛭间隆治"的相关信息。在网上搜到了他的照片，原来他是个作家，今年三十八岁，十五年前出道，算起来当年他才二十几岁。他的作品主要是关于解谜的本格推理和硬汉推理中私家侦探这一类型的。虽然作品谈不上有多畅销，但他一直可以算是个实力派作家呢！

蛭间在老城区的R站下了车，然后朝住宅区走去。冬日傍晚，已过六点，四周昏暗，道路上除了散布的路灯，再无其他光亮。

蛭间就是在"香亚梦"和牧村有过交集的男人。

他那里有我想要的东西。

那本《斑驳的雪》。

他在口袋里掏了掏，他手里的东西在路灯下闪着光，是钥匙。眼前便是他的家。我等的就是这个时机。

他在一座房子的门口前停了下来。

我从包里拿出电击枪准备行动。

"到此为止。"

我刚举起手，就被人抓住了。

"现在以杀人未遂的现行犯逮捕你。事到如今，你没话可说了吧！"

我战战兢兢地回过头，发现身后站着一个女人。

"初次见面,我是……"

她自报姓名。我脑子一片空白。

"是你,杀了牧村真一吧!"

她——若槻晴海指着我说。

6

我茫然若失,就在我眼前,蛭间摔了个屁股蹲。

"若槻,你来得太慢了,当他走到我背后时,我都快吓死了。虽然我也同意引蛇出洞……"

"不好意思,仓畑。啊,仓畑是他的真名。总算放心了,这不是顺利地抓到他了嘛!"

若槻晴海戴着口罩,从口中传来"咻咻"的笑声。她留着短发,穿着背带裤,笑容天真无邪,宛如青春少女。她身材修长,更添几分中性魅力。她便是真正的"若槻晴海"。

"你,究竟为什么?"

我怒目而视。

若槻紧紧盯着我的双眸。

"警察就在附近待命,我可以马上把你交给他们,不过在这之前,我有话想问你。让我们从头开始来讲讲事发经过吧!"

两天前的夜里,我杀了牧村。

从大学时期起我就认识了牧村，最近他在敲诈我，是因为三年前去世的妻子的事。

我杀了妻子，然后伪装成她是自杀而亡。发现妻子出轨是在四年前。最初我假装不知，以为长此以往，自己会变得麻木，但实际上却做不到。一想到妻子和那个臭男人在背后嘲笑我，我的自尊就受到了莫大的伤害。谁让他俩在背后取笑我呢？我要杀了那对狗男女，然后重启人生。我产生这样的念头和计划是在三年半前。

我把他们的死伪装成殉情。我查明他俩前往深山旅馆的日子，然后把他们伪装成在车里烧炭自杀的样子，并遗弃在深山里。妻子的笔记本里记录着她喜欢的电视剧里的台词，我找出其中一页，撕下来当作遗书。回到家后，我打电话报警说妻子失踪了。我扮演着被妻子抛弃的愚蠢丈夫，尽量让警察同情我的遭遇。

警察最终判定为自杀，我的杀人罪行没有暴露。

而报纸呢，仅仅在社会版毫不起眼的地方报道了两人之死，甚至连名字都没有出现。

妻子死后两个月，我大学时期的老朋友——杂志记者牧村——来找我。

那时牧村拿出来的是夕神弓弦那本匣装的精装本《斑驳的雪》。

"这本书里夹着一张耐人寻味的东西,你知道是什么吗?"

他一边说着一边拿出来一张照片。5寸照上,我正从山里走出来。当时我刚遗弃了他俩的尸体,正准备走回停车场。照片上不仅有日期和具体的时间,而且还有贴着传单的告示牌,那是当天举行的夏日祭的传单,这足够戳破当天我在东京的不在场证明。

"你妻子出轨的对象,就是那位有名的议员的儿子吧!这位官二代正打算出马竞选议员,当时我想要从他身上挖出点什么新闻来,正在跟踪他。他俩认识的社交聚会上,我也刚好在场。经调查我才发现原来她是你的妻子。那天,我跟踪他俩前去深山旅馆,意外发现你也在场。我暗中观察,心想这事是越发有意思了,没想到竟然捡到了宝……"

他把那张照片夹入《斑驳的雪》正中间的地方。

"既然你已经知道了,为什么不早一点说出来呢?"

"两个月之后,警察停止了追查,我想趁你松一口气的时候……"

他呵呵一笑。

"你知道《斑驳的雪》这一书名的意思吗?残雪覆盖的部分和黑色沥青露出的部分,意味着所有的秘密总有真相大白的一天。而且你这个杀人犯,也不能说完全都是黑色的。你既懂得人情世故,又能假装平静一如往常。你就是这样的杀人犯。不过，这一切终将大白于天下。你心中的镀层将会剥落，总有一天会露出黑色的部分，暴露在阳光之下……"

牧村亲吻了一下书的封面，一脸骄傲的神情，仿佛是在炫耀自己的女友，然后举起书给我看。

"我可以帮你隐瞒此事，不过今后你都得听我的。"

那天之后，我成了牧村的奴隶——他的一条"狗"。

刚才在"雄鸡书店"碰到的女人说起老男人和狗的那幕场景时，我不可思议地把自己和老男人重叠在了一起。自从杀死妻子以后，我一心求死。被背叛的悲哀消耗着我的心神，活着的唯一动力来自于和牧村的对抗。

牧村勒索金钱，我会乖乖掏钱；他要我去哪里，我就去哪里。对，我就是牧村的一条"狗"。我想起"雄鸡书店"女人的话。向着死亡缓慢奔跑。放弃一切感受熬过去，但是我终于忍无可忍了。

杀死妻子之后，我又交了一位女朋友，结果发现她也有了其他的男人。因为我是牧村的一条"狗"，拥有约会的时间并非易事，她无法忍受，于是抛弃了我。

事到如今，我终于幡然醒悟了。这样下去肯定不行，我必须得找回自己的生活节奏。

周六，我打算去牧村家一趟。一边喝酒一边用言语羞辱我，是牧村这个施虐者的最大乐趣。

他总是随身携带《斑驳的雪》，就像是带着某本证件一样。照片的秘密，只有知情者才会明白，所以牧村根本就不担心照片被人看见。当然，他随身携带照片，这令我惴惴不安。

我一到他家，牧村就开始了无聊的话题。

"今天买杂货回来的路上，去了一家咖啡店，真是气死人了。坐在我边上的那个小矮子竟然拎着一个和我一模一样的包。现在这样的世道，他竟然还熟络地和我搭话，说的事也是无聊透顶。当你发现自己和别人撞衫或者背着同样的包时，多尴尬呀！而且对方还是个特没品味的小矮子，甭提我有多郁闷了……"

我没等他把话说完，就打死了他。

这是我杀的第三个人，我知道自己该做什么。我戴上手套，把我触摸过的地方都擦了一遍，洗干净自己喝过的玻璃杯，然后放回架子上，并删除了电脑和存储设备里我的所有照片。

最后我想从牧村随身携带的包里取出《斑驳的雪》，拿走夹在书里的照片，结果……

在牧村的包里，我发现了一堆旧书、围巾和手套，还有一个名片夹，而唯独不见《斑驳的雪》的踪影。

我的头脑一片混乱，好在想起了牧村刚才的话。

一模一样的包，另一个男人。

我马上意识到是他俩拿错了包，这令我感到十分恐惧。《斑驳的雪》，现在在那个"小矮子"手里，就是牧村在咖啡店里碰到的另外一位客人手里。

苦涩在口中扩散。

悔意马上退去，我做了个残酷的决定。杀四个人，杀三个人都一样。我要找到那个男人，杀了他，拿回照片，重新开始我的人生。我要删除所有关于照片的数据。我找遍牧村全家，翻遍了所有打印出来的照片，没有再发现我的照片。现在我犯罪的证据只剩下拿错包的那个男人手里的一张照片而已。

我戴着手套认真地翻查了包里的东西，希望找到能够确定那个男人身份的东西。

我没有找到钱包，估计是放在他随身的口袋里了。旧书上当然找不到任何线索，而围巾和手套上也没有写名字。

唯一的希望是黑色真皮名片夹。但在放自己名片的格子里却空空如也，应该是刚好用完了吧！我"啧"了一声，从头到尾看了一遍男人收到的二十张名片，几乎都是编辑和作家的名片。他的工作无疑和出版行业相关，而且从出版社和作家来判断，应该是推理方面的。不过这就像大海捞针，最终还是无法确定。

这时，我拿起一张名片。

若槻侦探事务所
　　私家侦探　若槻晴海

这是一张彩色名片，上面印着若槻侦探事务所的标识。

为什么这里面夹杂着一张私家侦探的名片呢？我有些纳闷。也许是在采访时打听过一些事情吧！

我有点在意这张名片，于是就把它放到了桌子上。接下来我开始翻查死者的口袋，找到了一张收据，是咖啡店"香亚梦"的。时间是周六下午4点04分。这和牧村说的一致，这家咖啡店无疑就是他和那个男人有过交集的地方。

我必须得把这个男人找出来。

但是我只是个普通的公司职员，没有追查相关人员的权力。如果我作为一个普通客人前去咖啡店打探，只会被认为形迹可疑，肯定是没戏的。

于是我把若槻晴海的名片放进自己的口袋。

只要有这张名片在手，我就可以装成一名私家侦探。

只要我说自己是私家侦探，应该就可以打探出那个男人的行踪。虽然还是有些可疑，不过比起赤手空拳来，概率终归要大些。

我翻遍牧村家，发现牧村连自己的照片都很少有。幸好我们在大学时期就认识，我手头有社团时期牧村的照片。虽然是十几年前的照片，但只要说是他父母提供的话，就能含糊过去了。牧村和他的父母关系有些疏远。他的父母经营着一家中国餐馆，但如果牧村的尸体被发现了的话，肯定会有警察找上门问话，所以我不能前往。不过记得大学时我曾去过一次，对他家的基本情况还是了解一二的，所以我可以假装是他父母雇了我。我受他父母的委托，正在找一本书——委托私家侦探的委托者，还有委托内容，这些都没多大问题。

我在尸体旁思虑许久，决定第二天就付诸行动。不过我用手机查了一下"香亚梦"，发现周日不开门。在分秒必争的时候，浪费一天的时间着实让人焦虑不安，但是除了"香亚梦"之外，我别无线索。

我已经身处悬崖，这是我想出来的一场危险的赌博。

虽然实际上并没有人委托我。

我开始了侦探行动，为了找到那本书，并杀死那个男人。

若槻晴海和我面对面坐着，平静地继续说道：

"当蛭间联系我时，我大吃一惊。我俩是老朋友了，他成为作家之后，在需要接受采访的时候，经常会来问我一些相关的问题。

"蛭间说'想见识见识私家侦探的名片'，所以我说'那就拿去吧！'，于是就把名片给了他。

"那是昨晚的事。'在咖啡店里拿错了包，里面竟然有杀人的证据'。他在电话里这么说，听了之后我也不知所措。细问之下，他说在咖啡店坐在旁边的人拿着和自己一样的包，回到家后才发现拿的不是自己的包，这应该就是拿错了。不过怎么都没想到里面竟然有杀人的证据。"

"实际上……"她继续说道。

"夹在书里的只是一张照片而已，不过这是一张不可思议的照片。这张照片拍摄于阴暗的地方，似乎在暗示些什么。一般这事就该到此结束了吧！但遗憾的是，看到这张照片的是这个男人，这就是不幸。"

若槻用手指了指站在边上的蛭间，蛭间有些羞涩地挠了挠后脑勺。

"这个男人，一整年只想着推理，想象力是常人的两倍。蛭间通过夏日祭的传单知道了这是哪座山，然后调查了一下照片日期当天发生了什么事件。结果还真有案件，在车上发生了一起男女殉情事件。

"话虽如此，光凭这些仍然无法断定，可能只是碰巧而已。对蛭间说的'杀人证据',我还是觉得有点不靠谱。所以我并没有当回事,但是到了今天早上,事情有了变化。"

"发现牧村的尸体了吧!"

我说道,若槻点了点头。

"是的。当消息传开后,我再次和蛭间取得了联系。当蛭间看到牧村的照片后,他确信牧村就是他在咖啡店里遇到的男人。他推理说照片就是杀人证据,犯人的目的也就是从牧村手里抢回这本书。蛭间的妄想,到了这个时候,终于有了现实的可能性。"

蛭间忸怩地来回擦着双手。

"不过,这东西是杀人证据。我想如果把它交给警察的话,警察一定会怀疑是我偷来的吧。"

若槻一脸苦笑。

"他自己平时写的小说不够严谨,所以才感到格外害怕。而我呢,觉得这事挺好玩的,所以就痛快地接了这活。"

"你是没事闲的吧!"

若槻根本就不理会蛭间的挖苦。

"我发现这事真的特别有意思,就决定从拿错包的那家咖啡店开始调查,查明案件发生之前牧村的情况……老板看到我递过去的名片,反应有些意外。他说'这名字看着像个女人,结果真的是个女人?'。"

我咽了咽口水。

"我问他详细情况，他说刚刚有一个男人拿着我的名片在刨根问底地打听蛭间。而那张名片，不知何时又消失不见了。也许是那男人有什么不良企图，就又把名片收了回去。能有这样的收获，我十分激动。我俩就像镜像一样，互相追寻，同时开始了调查。"

若槻呵呵笑道：

"我从老板那里打听到了你的长相，还有你问过的所有问题。他告诉我你详细地问了旧书店的相关信息。也许在蛭间去过的书店中，有他经常光顾的，这样你就能找到蛭间了。方法很简单，却行得通。'雄鸡书店'店主的确和蛭间交情匪浅。

"蛭间说'雄鸡书店今天休息'，所以我俩前往最近的'九段堂书房'，也正是在那里发现了你的踪迹。"

"然后呢？你们又怎么知道我在这里的呢？"

"我们舍弃了'九段堂'和'雄鸡'之外的另一家书店。那是一家很小的书店，蛭间曾去过，但已经不记得店名了。"

"是'书屋三吉'。"

"哎？"

"'书屋三吉'，蛭间去的另一家书店的名字。"我说。只听蛭间感叹道：

"看来你是找到了呀！真厉害！那里的均价书出乎意料的好，我还想再去看看呢！"

"我和店主谈了谈，他这个人很有意思。"我说道。若槻笑着说：

"你这人真是不可思议啊！你既冷酷无情，会做出残忍的决定，同时却又很温暖，真心地爱着书。"

"大学时期，我看了许多硬汉推理和私家侦探小说。我很喜欢那家咖啡店古雅的氛围，感觉自己就是电影中的主人公，仿佛真成了自己所憧憬的私家侦探。"

说完这话，我第一次注意到我有多么享受这次的侦探行为。

"是吗？可这就是你不像真正的侦探的原因呀！"

我听了这话，不由得吃了一惊。

"我总觉得之前在哪里见过你。"

"你发现了？"

她从手提袋里拿出假发戴在头上，长长的刘海遮住了眼睛。她的表情和给人的感觉随之一变，仿佛换了个人一样。

"'雄鸡书店'里的那个女人，原来就是你啊！"

"没错。我们舍弃了另一家旧书店'书屋三吉'，在'雄鸡书店'等着你的到来。因为是休息日，你不可能比我们先到，而且就算是休息日，店主仍然在店里忙碌着。

你也看到了'雄鸡书店'设有蛭间推荐书的专区吧！这是因为店主和蛭间关系密切，所以才能满足我们这个不讲理的要求。我是通过蛭间请求店主才借到这家店给我们用的呢！"

"真正的店主是男人吗？"

"为什么这么认为？"

"从店里的手写艺术字可以看出来，笔力遒劲，无拘无束。如果这是你写的话，固然也很有味道；如果不是的话，我猜那应该就是男人写的字了！"

她微微一笑。

"没错。我相信你的观察能力。在我故意透露出'HIRUMA'的线索时，你马上就仔细地环视了一下店内的书架。在那一刻，我坚信自己的作战计划已经成功。于是我朝蛭间打了个暗号，让他站在店门口。你的视线紧盯着我，就一定会注意到蛭间的存在。你察觉到我在防备你，也就会注意到我打暗号叫蛭间逃跑。你的一切行动尽在我的掌握之中。"

"这么说，《斑驳的雪》放在那里，也是你设下的陷阱吧！我打开书，不禁查看了一下书中的读者卡，大小和5寸照片差不多，是M社的。但是当初我在'九段堂'听说《斑驳的雪》的出版社是K社。你是为了看我的反应，才从别的书里抽出来夹进去的吧！"

"是的。怎么说呢，我和蛭间事先都看过那张照片，而你的反应果然和我们预料的一样。"

我叹了口气，想起之前我和两位店主谈论过《斑驳的雪》，因此对这本书也逐渐产生了兴趣。

"因为拿错包，你偶然得到了我的名片，'若槻晴海'这张名片才是你这次侦探行为的关键吧！你手头只有一张名片，因此无奈之下你只能循环使用这张唯一的名片。

"首先，在咖啡店'香亚梦'，你需要收回递给老板的这张名片，于是你把桌子上的宣传卡放到柜台上，然后站起来结账时又把账单放在柜台上，这样一来，名片和宣传卡就藏在账单下面了，你趁机收回了名片。而当"香亚梦"老板发现名片消失时，它其实已经回到你的手中了。

"接下来在'九段堂书房'。店主扔掉你递过去的名片，而且还被其他客人踩了一脚。你捡起名片，掸了掸上面的灰尘，可惜这张唯一的名片已经变得又旧又脏，所以你并没有在'书屋三吉'拿出来。

"而且，你在'九段堂书房'打听蛭间买的书时，还问过'前天他买了什么书或者什么资料吗？'的问题。这里你犯了个大错误。这无疑是结论先行了，因为蛭间是个作家或编辑，这是根据'九段堂书房'回答蛭间买了什么书之后，才能得出的结论。但因你事先看过蛭间的名片夹，大致猜中了他的职业，所以才会操之过急。

"我们一直在等你上钩。当你现身时，你扮成路过的客人，这样一来就不需要拿出名片了。直到看到我要打电话报警，你才不得已拿出了名片。这让我成功地引出来我想要的东西。名片边缘已有折痕，这是'香亚梦'老板无聊把玩弄出来的。我们向他问话时，他同样也是把玩着店里的宣传卡，估计是习惯吧！'九段堂'里沾上的灰尘已经掸去，不过上面仍然留着淡淡的鞋印轮廓。当我试探说能不能换一张的时候，你的内心应该害怕得要命吧！"

若槻有些得意地说。

"于是，事情就变成现在这样了……"

我垂头丧气地说。

"我明白你说的意思。我俩一个真人，一个镜像，行动一致。你出现在我到过的地方，我出现在你要去的地方。我扮演着女性的你，而你则扮演着男性的店主。"

"你能够懂我，我很开心！"

赎罪的时候终于来临了。

为了一己私欲，我杀了三个人。就算妻子出轨，就算牧村是个人渣，都改变不了我杀人的深重罪孽。我必须要接受惩罚。

红色的光舔舐着沥青路面。最后的结局，竟是如此平淡无奇。不过，"我的人生被毁了"这样真切的念头早已烟消云散，不知所终了。我的心中充满着惊奇，借着装成别人，我终于可以坦诚地说出自己早已忘却的真心话。

就算她在书店里假扮成店主，我想当时在店里的交谈，也应该没有虚假的成分。

"到时间了。"

若槻紧盯着我，冷冷地说道。

"谢谢，这是一次很棒的狩猎呢！"

听若槻这么说，我的背脊一阵发凉，虽然觉得怪怪的，但又不知问题出在哪里。

我伸出双手。

7

我的故事到此结束。

这是幸福的一天，我沉浸在自己就是私家侦探的错觉之中。那令人激动的对话，踏实可靠的侦查行动，以及和侦探的对决……在入狱之前，我度过了快乐的一天。

故事本该到此结束的。

但是此事仍存在一个疑点，令我难以释怀。

当我在监狱的图书室里找到夕神弓弦的作品——尤其是《斑驳的雪》时，我欢欣雀跃。这本书如同恶魔一般始终困扰着我的人生。通过和两位旧书店店主以及若槻的交谈，我非常渴望读一读《斑驳的雪》这本小说。

这本硬汉推理小说果然十分有趣。"九段堂"店主曾说过这本书深受罗斯·麦克唐纳的影响，书中的诡计和伏笔的确都可见他的影子，而家庭悲剧的描写也炉火纯青。

但这里无疑存在着一个问题。

在书中，我根本没找到若槻晴海所描述的"老男人和狗"的那幕场景。我还读了接下来的两部作品——《无影之鸦》和《风尽之日》。前者的诡计更加洗练，更具智慧，昭和歌谣的引用也十分出彩；后者对迈入老年的真宫的心理描写，堪称一绝，不过其中也没有关于"狗"的任何描写。《想要抹去的灵梦》这部短篇集，题材丰富多彩，从中可以感受到真宫系列的真正味道，有的虽是短篇，却能够欣赏到长篇的谋篇布局，不过其中也没有出现"狗"的场景。我查遍夕神的其他硬汉推理作品，出场人物的魅力均稍逊真宫一筹，但依然没有"狗"的影子。

到处都没有找到关于"狗"的情节。

就算她在书店里假扮成店主，我想当时在店里的交谈，也应该没有虚假的成分。

那时我这么想，然而……

我突然想到一件事，于是马上在草稿纸上写下下面的名字。

蛭间　隆治　Hiruma Takaharu

我用颤抖的手，交换着写下姓氏和名字。

Hiruma → Harumi　晴海

Takaharu → Kurahata　仓畑

那个男人——蛭间隆治虽然照片也对得上，但他的真名应该就是仓畑吧！

我在监狱中，呆若木鸡，沮丧至极。

当时在店里的交谈，竟然没有一句话是真的。

*

"若槻，你这家伙，那种事以后还是别干了！"

蛭间——仓畑一边敲着电脑的键盘一边抱怨道。

"那种事，指的是什么？"

"就是你对嫌犯做的事情呀！你不是说'之前读的小说里有这样的场景'吗？"

仓畑停下手中的活，转过身来对若槻说：

"以眼前的犯人为原型来创作下部作品中的一幕场景，你却告诉犯人说这是之前小说里的情节。"

"我还以为你要说什么呢！那只是动摇犯人心理的技巧罢了。大部分犯人都会觉得是在说自己，要么勃然大怒，要么感到恐惧。不管哪种，心理都会被逼到绝境继而露出马脚。"

若槻晴海和仓畑，两位一体的作家组合，笔名为"蛭间隆治"，其中嵌入了两人的名字。私家侦探部分由若槻负责，而照片是仓畑的，他负责广告宣传。

仓畑负责书写，若槻负责谋篇布局。本格推理，两人配合起来天衣无缝，而写硬汉推理时，若槻却有着不可救药的恶习，那就是将被抓的犯人的原型写进小说的情节里。而这一出场人物，与后来故事的发展以及事件的真相毫无关联。其实这种事在硬汉推理中司空见惯，有时这样的人物刻画反而会给人留下深刻的印象，她就是出于这样的考虑才把原型写进作品中的。

她经常把侦探行为比喻为"狩猎行动"。

对她而言，把犯人作为原型写进小说之中，和把抓到的昆虫做成标本装饰起来，也许并无分别。

"这部作品的第十四章中的这幕场景，就是以杀死牧村的那个男人为原型的吧！"

仓畑指了指电脑屏幕。

"这次你把自己想到的情节作为《斑驳的雪》中的一幕了吧！之前你总是隐去书名，而这次竟然连书名都明说了，这种谎言……这样做肯定不行，夕神老师会生气的。"

"这样说他才会上当啊！"

若槻捂住戴着口罩的嘴巴，"哧哧"地笑着。

"那时他的表现真精彩啊！他信以为真，以为那就是《斑驳的雪》中的一幕场景，很顺利地就上钩了。他从没怀疑当时说的其实就是他自己，哪怕只有一秒。他被形容为牧村的一条'狗'——真的好惨，竟然用'狗'来形容。他活灵活现地扮演着私家侦探，实在是太有意思了！他的生命力真是旺盛啊！被妻子背叛，又因此而遭人恐吓，可是光看他表现的话，完全想不到他有这么惨呢，所以我想着要嘲讽他一下。"

"你呀，总有一天，会被人告'毁坏名誉'的哟！"

"哼，不管别人说什么，我都不会放弃'狩猎'的，没有比这更开心的事啦！"

"喊"，仓畑轻轻地咂了一下嘴。

不过他还是按照若槻的布局进行书写了，上面提到的第十四章，老男人和狗的情节的确写得很精彩。

仓畑在口罩下满意地呼出一口气，不管若槻性格有多么糟糕，调查手段有多么恶劣，多么践踏人心，但她总会带来令人满意的成果。因此抱怨归抱怨，仓畑一直无法解除和她那两位一体的组合关系。

现在就这样吧，再坚持一阵子……

总有一天，有人会发现这危险的游戏吧！

仓畑总有这样的预感，每次都战战兢兢，不过，这次他也没有放弃危险的赌博。

以"二〇二一年度大学入学考试"为题的推理小说

现在慢慢明白过来了吧。

你对这次考试的游戏规则一直有所误解啊。

要是掌握了规则,

语文题那还不是信手拈来吗?

——摘自清水义范《语文考题必胜法》
　　(《语文考题必胜法》讲谈社文库)

● 序文

本稿记录了二〇二一年度K大学入学考试中发生的事件，材料主要来源于相关人员所写的诸多记录和编辑独自收集的资料。

● 二〇二一年度考生——初高连读校A君的日记

二〇二〇年四月八日（星期三）

高中的线下课最终还是没有重开。由于新冠肆虐，开春之后人们依旧戴着口罩，日子苦闷不堪。

但是考试时不我待，该学的还得学。

我决定今后每天都写日记，记录学习情况和生活日常。其实我很不擅长写文章，不过有位学长劝我说：把不高兴的事、令人生气的事都写成文字，这样就能平复心情；还有每学习一小时，就贴一张纸条，等到考试前一天，当看到密密麻麻的贴纸时，就会信心百倍。

好吧！那就听他的吧！

（中略）

九月十五日（星期二）

入夜，我越发感到绝望，想必这就是老天爷对我的惩罚吧。在学校上课时，班主任前田老师不厌其烦、苦口婆心地告诫大家："今年的考试会有翻天覆地的改变，大家一定要认真备考啊！"我却没有当真。

"你们不是高中三年级，而是初中六年级。虽然考试从小学开始就有，但是今年会有很大的变动，你们一定要转变思想呀！"

"初中六年级"，这个词听得耳朵都起老茧了，而如今却深有体会。大学入学考试，究竟是个什么玩意呀？

白天看了大学发的通告后，大家都怨声载道，但也只能无奈地苦笑。再怎么说这也太胡闹了。社交软件的通知铃音不绝于耳。因为新冠，四周环境为之一变，但这次可不是闹着玩的。夜晚，我独自一人，燥热渐渐退去，只留下愤怒。

刚回到家的母亲也说起同一件事："你认真看了K大学的通告了吗？"烦死了！肯定看过了嘛！那大学可是我的第一

志愿呀!

日记越写越长。由于新冠,大家见面的机会越来越少,如果不这样偶尔整理一下自己心情的话,估计马上就会发疯。可是光写日记也不行,还得学习呀。

学习?可是那样的考试,学习又能怎样?

大学的网站崩溃了。因为网络暴力?真是够了。对你们而言可能只是场游戏,但对我们考生来说那可是生死问题呀。

去死吧!

总算连上了大学的网站。如果明天又连不上那就惨了,所以决定先抄下来。

K大学○○系　小论文"找犯人"

"出题范围"如下:

鲇川哲也《蔷薇庄杀人事件》《达也在偷笑》

高木彬光《妖妇之宿》

埃勒里·奎因《荷兰鞋之谜》

绫辻行人《鸣风庄事件》

有栖川有栖《孤岛之谜》

- DIRECT周刊 十月十五日号《现场的深层思考：新冠肆虐下的大学入学考试……'旧方法已经行不通了'》

同时收录K大学○○系主任和田太洋的采访——引发争议的考试方式，听取其真实意图——

※ 本文中的图表已删除（编辑注）

二〇二一年度新的大学入学考试统考实施大纲，以及各大学的考试大纲已经陆续发布。由于引进了新的考试方案，同时又面临着新冠的压力，在这严峻的形势下，各大学采取的对策有所不同。

在AO考试[①]中，大多数大学采取了类似找工作时的网络面试和自我介绍等选考办法。即使在一般考试[②]中，由于新冠，学生无法线下上课，知识掌握的熟练程度参差不齐，有些大学顾及这点，发布了"试题不能超纲"的决定。也有很多大学决定在考试后两周进行补考或者预先安

---

① AO考试：只要满足一定的条件，可以依据自己的意愿自由申请，不需要推荐者的公开招生制的入学考试。
② 一般考试：指日本大学在本科新生招生时，会根据自己的招生计划和自身的情况来确定录取的方式和方法。

排好其他的考试日期。

S学塾[3]升学信息部部长有贺太郎说:"大学统考比起往年来作用会更大些。"

"今年各大学出于形势的考虑,针对无法参加自主独立招生考试的考生,将把统考的分数换算成自主独立招生考试的分数。知名私立大学W大学也将采用这种方法。所以只要参加了统考,就算有个万一,日后也有保障。"

但是有些考生一直在准备二三月的自主独立招生考试,对他们而言,决一胜负的时机却提前了。这与往年的考试方式有所不同,颠覆了过往的"常识",把处在旋涡中的考生耍得团团转。

(中略)

· K大学○○系主任和田太洋接受的采访

(编辑注:刊登了和田的脸部照片,主任五十三岁,蓄着的胡须和自信满满的笑容营造出非同一般的氛围)

DIRECT编辑部(下面简称为编辑部) 和田老师,今天很感谢您能接受我们的采访。

---

[3] 学塾:相当于课外辅导机构。

和田 那就让我们开始吧！

编辑部 今天的问题是关于K大学〇〇系的考试方式，现在它已成为社会上的热议话题。各大学被迫采取了不同往年的考试方案，贵校改革的力度也非同一般。这次把"推理小说中的找犯人"当作试题，请问真实意图是什么？

和田 本校旨在向全世界招募有能力的人才。在全球化进程当中，需要具有领导能力，敢于挑战世界性课题的人才。本校把这样的人才视为无价之宝，称作"人财"。

由于新冠病毒肆虐，全世界都处于动荡不安之中，此时更加需要这样的人才。他们应该具有"逻辑思维、追求真理、独立思考"的能力，以此改变日本和全世界，并为之鞠躬尽瘁。

因此我们想到了推理小说中的传统模式"找犯人"，并将它列为考题。

编辑部 我觉得您刚才的话有点牵强。如果只是为了测试逻辑思维、追求真理和独立思考的话，没必要一定得通过推理小说吧。一般意义上的小论文，也能够充分地考查出文章的书写逻辑能力、看待事情的观点和想法吧。

和田 是的，不过这种"小论文"的写法都是老套路，没有新意呀！各培训机构都会组织此类讲座，教授书写技巧，十分模式化。这样究竟能否测试出真正的"逻辑思考能力"来呢？对此我持有疑问。因此，作为尝试，我们推出原创的"找犯人"考试方案。

编辑部 原创指的是由贵校出题的意思吗？

和田 没错。列出"出题范围"只是为初次接触到"找犯人"的考生提供书写格式和方法的参考而已。我们将组织本校的优秀教师出题，一定认真负责。考试结束后，试题也可以刊登在推理小说的精选集里，到时还请多多关照。（大家一起笑）

编辑部 现在在推理杂志上还能看到悬赏"找犯人"，不过基本上追求的都是"独一无二"的答案。这样的话，相同答案的考生就无法体现出分差了呀！

和田 一般来说的确会这样，但就算是正确答案，其思考顺序和步骤也都会有所不同。比如说"出题范围"中的《蔷薇庄杀人事件》，在它的创元版（编辑小注：创元推理文库的《五个时钟》）中，刊登了花森安治先生找出真凶的过程，而这与原作者鲇川哲也先生设定的过程是不同的。他把着眼点放在了作品外部的线索上，比如鲇川先生写小说时的手法和人物的设定等。还有一个例子，尽管不在"出题范围"里，它就是坂口安吾先生的《不连续杀人事件》。在二〇一八年再版的新潮文库版中，刊登了当时坂口先生写的"给读者的挑战信"全文，文中提到了当时读者热衷于"找犯人"以及各位名家的推理，可供参考。

而考试呢，注重的是得出答案之前的解题过程，希望大家不要瞎猜才好。如果考生有独特的见解，那么即使是不同的解题方法也会得到肯定。

编辑部　但是这又该如何打分呢？一般的小论文，都会设置一定的评分标准，并由几个人打分，但是如果独特的解答过程也要认定的话，那么标准该如何……

和田　这是本校的内部机密，不便公开谈论，总之改卷时，我们一定会认真设置好评分标准的。

编辑部　好的。刚才您提到了一些推理名著，最后我想问一下，和田主任您看过哪些推理小说呢？希望能为考生们提供一些参考。

和田　这个嘛！我年轻时看过《X的悲剧》《Y的悲剧》等。这些作品光看书名，就觉得很有推理小说的感觉，读读这些也就差不多了吧！

编辑部　（沉默了几秒）也就是说您不怎么看推理小说咯！

和田　是的，总之我希望考生们能以轻松的心态参加考试。

编辑部　今天十分感谢您能接受我们的采访。

和田　不用客气。

- 编辑快被气炸了，都忘了按录音机的停止键，所以录下了DIRECT编辑部两名编辑的对话，记录如下。

"这都什么事呀！真是惊呆了。在这儿鼓吹那种胡闹的考试这么久，自己却不怎么看推理小说。真是有病！"

"嘘！某某，和田主任可能还在走廊呢，被他听到就糟了！"

"我可不管，让他听到才好呢。啊，见鬼，心里堵得慌。"

"某某，你很喜欢推理小说吧！这次采访，也是怀着极大的兴趣，才会请主任过来的吧！"

"他竟然大言不惭地说'这个嘛！我年轻时看过《X的悲剧》《Y的悲剧》等'哈？每当听到有人说爱好是阅读推理小说时，总会听到俗滥不堪的答案。作品有时也会换成《东方快车谋杀案》《无人生还》。喊！真是气死人！一定要把他最后的那句话写出来，在杂志上曝光他恬不知耻的嘴脸。"

"某某，求你了，冷静点嘛！"

"我说，你闻到什么味道没有？"[4]

---

[4] 原文日语可以解释为两种意思，这位编辑其实想说的意思是"你有没有觉得和田主任很可疑？"。

"什么味道呀?哎,难道是老人体臭?真是的,我都已经在除臭了呀!"

"不是啦!我说的是和田主任。明明对推理小说不感兴趣,却从他嘴里冒出《蔷薇庄杀人事件》《不连续杀人事件》来,这多怪呀!原本对推理小说不感兴趣的人,会想出把'找犯人'当试题这样荒谬的主意来吗?"

"也对哦。"

"这不对劲,没错,绝对不会错,和田身后一定有人在操纵着这场闹剧……"

● 会议记录:(接受 DIRECT 周刊采访前几个月) K 大学○○系七月召开的网络会议

※ 主要是由行政办公人员根据录像誊写出来的内容,在此基础上增加了一些"正确的表达"。除和田与木崎之外的教师,出于隐私的考虑,均用姓名首字母代替。

和田 往年的考试会议都是在学校的会议室举行的,但这次被迫无奈只能召开网络会议。本次会议共有五人参加,每人的画面只有屏幕的六分之一大小,所以不大看得清大家的样子。

木崎 网络会议,大家应该还不太习惯吧!今天就拜托大家了。

和田 啊,想必大家已经通过画面的背景注意到我和木崎在同一个房间里。是的,因为我不太懂电脑,所以就请木崎教授来会议室帮我操作电脑。

木崎 只要是主任的事,我甘愿赴汤蹈火。

和田 啊,不过这房间真够热的,热得快受不了了。

木崎 哈哈,那就打开散热小风扇吧!只要连上电脑就能充电,而且操作电脑时,它也是必不可少的哦。

和田 哦哦……真凉爽……嗯,木崎你真够机灵的……

A 教授 ……主任……照……了……

木崎 哎呀,A 老师你的网络真够烂的。画面很模糊,声音也是时断时续的。

D 教授 ……我……这次的……作为制度……

木崎 D 老师也是这样啊!那就没办法了。我的声音大家应该能够听得到吧!那么主任,我有个提案。

和田 什么提案?说来听听。

木崎 遵命。由于新冠的缘故,这次入学考试,我们大学也会采取灵活的对策。基于考生们的知识掌握程度有所差异,所以像往常那样,所有考生聚在校内一起参加考试的方式，这次恐怕行不通了。世事难料啊！那么这次考试就无法检测考生的知识掌握程度了，我认为只能将考试的重心放在考查逻辑思维能力上。而且如果这样的话，考生们就不需要去上补习班或者频繁地去学校，只要看看市面上流通的那几本书，就能进行复习备考了。这从预防新冠病毒感染的角度来说，是很合理的。

G教授　……喂……崎……胡说……

和田　这样真的可行吗，木崎？就几本书……嗯，这虽然会增加考生在经济上的负担，不过当作参考书……

木崎　说得没错，这毫无问题。这考试方式简单明了，的确能够测试出考生的逻辑思考能力。而且其他大学绝对想不到我们这样的方案。等入学考纲一起发布之时，毫无疑问，我们的考试一定是最为独特的。

和田　这，这样真的行得通吗？！我们大学……我们大学，只有我们系能这么出题？还有这等好事？

木崎　是呀，下次校长选举，大家一定会关注和田主任您的。

和田　嗯嗯，是吗！是吗！校长？当校长都不是梦吗？校长？噗！那，那么木崎，你所说的方案究竟是……

木崎　嗯，您一定知道推理小说里的一个传统模式叫作"找犯人"吧！

A教授　……喂……笨蛋木崎……别胡来……

和田　哎？找犯人，到底是怎样的呢？！

木崎　嗯，这个嘛……

（木崎离开椅子站了起来，消失于电脑镜头之外。不久连和田也消失不见了，只是通过电脑的麦克风，时不时地传来和田兴奋的声音。）

A教授　（网络瞬间奇迹般地变通畅了）喂，木崎你这浑蛋！既然是开会，那就要露脸呀！

来自编辑的备注：

事后，从A、D、G三位教授家里发现了信号干扰器。因为上面没有留下指纹，所以不知道犯人是谁。

在那次网络会议之后，A、D、G三位教授担心这么做有损大学的威信，曾想前往主任办公室进行抗议。但是由于主任一直以来都有心脏病这一老毛病，很害怕和过多的人有亲密接触。因此，系里向教授们发出通知说"原则上除了用于网络授课的教室以及自己的办公室以外，一律禁止进入"，这样一来，就顺理成章地将要求面见主任的A、D、G三位教授拒之门外了。也不知是谁命令主任秘书说"不要再转达A、D、G三位教授的请求"。

A、D、G三位教授尝试用电邮进行联系，几乎每天都会发送同样的内容，但主任自己并不查看邮件，而接收邮件的秘书也惊呆了，不知何时不再向主任报告此事了。

在新冠期间，能够直接和系主任说得上话的只有"需要密商重大事件"的木崎。

- **通告发布后，九月十五日社交软件"嘟特"上的评论（经原发布者同意后节选刊登）**

@mysterylove2 13:56

哈？（引用）https://www···（编辑注：K大学通告的URL）

@dokobokohead 14:05

这真是胡来！这不是把"找犯人"当考题吗？

实在是太气人了，大学到底怎么想的？

@rdiculous575 15:04

刚想买《荷兰鞋之谜》，却发现网上已经断货了，应该就是这原因吧！

@catcrossing36 15:15
　　希望在这份书单里也加上法月纶太郎、麻耶雄嵩，外国作家的话，也不希望只有奎因啊。

@dokobokohead 15:17
　　我说，能不能站在考生的立场想想。这太奇怪了。有些书网上都买不到了吗？难道要去旧书店淘？在这种环境下。

@akatsuki_atsuki 15:26
　　记得北村薰和米泽穗信的小说用于考题时，也曾引发了热议，如果是这样的话其实也是可行的。
　　说实话，我们并不需要这样的关注，不要管我们。

@queendom260 15:30
　　按道理，埃勒里·奎因的国名系列和《半途之屋》都应该进入书单。昭和的书应该更多一些。绫辻入选了《鸣风庄事件》，却没有《咚咚吊桥坠落》，这也耐人寻味。不知考试会采用哪种形式呢？

@dokobokohead 16:20

（引用了 @queendom260 的评论）就因为这样，推理粉才……

● 二〇二一年度考生——初高连读校 A 君的日记

十月十九日（星期一）

唉，无聊死了，真是无聊透顶！

母亲一回来，就递过来一本《DIRECT 周刊》，说里面有关于 K 大学的报道呢。不用你说，我早就在书店里站着看过了。这些都知道了，没必要一一重复。而且一看到那系主任的嘴脸，就气不打一处来。

大学通告里书单上的书都已经网购齐全了。有些家伙在高价转卖发大财，而父亲也从那些浑蛋那里买书。从浑蛋那里买书的父亲也是个傻瓜，这和当初着急出高价购买口罩并无两样。

其实二班的田村已经答应要借书给我了，这样一来我还得瞒着田村我出高价买书一事。

十月二十一日（星期三）

糟糕透顶。

真是糟糕透顶。

真是羞愧难当。

《荷兰鞋之谜》太有意思了。

太有意思，以至于忘了学习。

你瞧，昨天连日记都忘了写。

没想到竟然可以如此巧妙地找出犯人。在推理部分之前，当看到用于做笔记的空白页时，我还嘲笑"这是什么鬼？"。认真思考一下，还有第二件杀人案，线索又不只鞋子而已。尽管这样我还是觉得很有意思。

国名系列，还有八九本。有包括《日本樫鸟》，也有不包括的，说法不一。见鬼！如果不是要备考，这些肯定都要买来看一遍。真是恨死考试和K大学了。

十月二十二日（星期四）

网购了《罗马帽子之谜》《法国粉末之谜》和《希腊棺材之谜》。

这些都没在通告的书单上。

我已经废了。

- **大学名校升学补习校——S学塾现代文首席讲师山冈努电视广告的转录**

※文中的片假名照抄视频中的文章，山冈的特色就在于他独特的假名使用方法，该风格在他编写的参考书等著作中广受欢迎。

找到法则，现代文就如同数学。

山冈法则第1条："选项如能分为两项，便能迅速解开。"

山冈法则第9条："虽不知道'作者'的想法，但要知道'出题者'的想法。"

不要放弃，你一定可以考入名校！

欢迎体验S学塾免费课程。

- **大学名校升学补习校——S学塾升学信息部部长有贺太郎发给现代文首席讲师山冈努的邮件**

From:Ariga1093@inlook.jp
To:Yamaoka8326@inlook.jp

发送时间：2020.10.28 14:05

邮件名：Re：针对K大学找犯人考试编写教材的相关事宜

山冈老师，话虽如此，但现在并不是争论是非曲直的时候。

我也没想到竟然会有如此胡来的考试来测试学生的能力。怎么看都是K大学在恶搞，我也觉得"搞什么呀！乱七八糟的"。我和你的心情是一样的。

但是我们别无选择。

大学方既然说要这么做，那么就一定会这么做。

山冈老师肩负重任，要让考生坚信"只要跟着山冈老师就一定能考上"。

考生总是惴惴不安，因此需要像山冈老师这样精神领袖般的存在，你是不可或缺的。

往年，总有不少人能够考上K大学，从偏差值[5]来看，也比较容易考上，既是国立、公立大学考生的保底校，在

---

[5] 偏差值：是指相对平均值的偏差数值，是日本人对于学生智能、学力的一项计算公式值。偏差值反映的是每个人在所有考生中的水准顺位。在日本，偏差值被看作学习水平的正确反映，而偏差值也就理所当然地成为了评价学习能力的标准。

并愿校⑥中也小有名气。这次考试日期,与其他学校基本没有冲突,很多考生都想把它当作保底校。当然,这些情况山冈老师都是了如指掌的。也就是说,我们要大力宣传K大学的考试策略,这在业界会成为瞩目的焦点。

还有,我相信你的能力,在这次闻所未闻的考试中,一定会有所作为。

幸运的是,我们学校在本次疫情流行之前,早就开始了录播的网络视频授课。在这个意义上,我们已经领先其他学校一步。

为了S学塾的宏图大业,一定得熬过难关。

期待你大显身手。

● 二〇二一年度考生——初高连读校A君的日记

十月二十九日(星期四)

真糟糕,意志力越来越薄弱。今天去书店看看有没有奎因的书。书架上的书看起来都很有意思。绫辻、有栖川的书已经看过,接下来得找找系列丛书中的其他书。

---

⑥ 并愿校:同时报考的多所大学。

田村说"因为新冠,整天待在家里,现在都迷上手工了",听后我惊讶不已,但就是这种感觉。想做的事做不了,想去的地方去不了,精神压力无比巨大,于是就只能专注于自己的兴趣爱好之中,考生们差不多都是这个样子。而我呢,却一直可以给自己找借口:"这原本就是为了准备找犯人的考试嘛!也算学习啦!"这样子反而不好。

考试近在眼前,内心极度不安,同时新冠前景不明。也许正是在这样的环境下,能够干脆利落地解决一切谜题的推理世界,才会让人安心舒适。但如果一直待在这样的世界里,就无法参加考试,我明知这一点,却欲罢不能。

反正日记也都在写推理的事,与其这样,倒不如把日记换成博客得了,但这绝非易事,博客的字数毕竟要比"嘟特"多些。

我在书店里碰到一个男人,每当看到一本推理作品,他就会放进购物篮里,口中还念念有词"我一定能行",真是太可怕了。我总觉得好像在广告里看到过他似的。

补记:是他,做过广告、上过电视的S学塾现代文老师,这是我的幻觉吗?

- K大学社团"无限大"会刊中的文章《全体教师、全部课程"逆向"评价问卷调查！》节选

序　文

每学期，迷途羔羊们都困惑不已：选谁的课？怎样选课？为此我们K大学秘密社团"无限大"进行了"学生给教师打分的问卷调查"，本次特稿就是统计出来的结果。因此这是一份"逆向"评价。我们不仅仅是被评价的对象，我们将严格评价、选择教师的课程，这不正是大学的学生自治吗？当然有些老师可能会受此影响，选课学生将会减少，但这是对怠慢教学的恶俗老师的一次肃清，是老天的惩罚。平日里毫无用处的"无限大"会刊，此时学生应该人手一份（哈哈，偶尔不策划一下这样"受欢迎"的议题，我们这些秘密社团就筹不到经费了，这也是我们的弱点所在。呜呼）。

（中略）

"现代◆◆学概论"星期四第四节课

　　木崎教授

　　课程难度　★★☆☆☆　难懂！

教授人品　★★☆☆☆　怪人！

学分难度　★☆☆☆☆　地狱！

学生心声

- 总之很难听懂，课堂上都不知道在讲些什么。记笔记也有难度。● 参考书太贵。● 讨论课时就会变得很温柔，这令人感到很恶心。没什么人气，就四个人选课，有时候甚至是一对一。● 看女生的眼神让人无法忍受。● 总之拿不到学分，尽是钻牛角尖的试题。● 闲聊时谈到的推理倒是有点意思，勉强听得下去。● 说实话不需要讲些有的没的东西，想讲推理的话，在其他课讲就好了。

- 博客"Mystery Room"（二〇二〇年十一月开始更新）。博主是考生A君

十二月二十二日（星期二）

今天看了埃勒里·奎因的《双面阴谋》。哈哈哈哈哈哈哈，真是太有意思了！十月二十日开始看国名系列，能买到新书的就全买新书，接下来我又去旧书店找奎因的作品继续看，终于连"莱特镇"系列也看完了。就两个月时

间，够快吧！好像还剩两本没看，奎因后期的作品我打算按顺序来看。

不过，我没想到自己会如此着迷。总觉得从《灾难之城》开始的"莱特镇"系列，小说的叙事方式不再是酣畅淋漓的解谜，风格也不再是早期作品里常见的本格逻辑推理。刚出新译本的《凶手是狐》正是这一风格的体现。（我刚得知有新的译本，所以看的是旧译本。新译本也买了，等考试结束之后再读！考试期间，《十日惊奇》也将推出新译本！）一个男人因被冤枉杀人而遭逮捕，埃勒里为了平反冤案出马侦破，推理过程干脆利落，那叫一个精彩啊！

还有《双面阴谋》，不禁令人感叹推理还可以这么写呀。太过较真的话，或许有人就会有意见，不过我挺喜欢的。虽然同样是"莱特镇"系列的故事，风格却有所不同。

真拿自己没办法啊！年底到年初，原本应该认真复习备考的，但我根本没法集中精神。这原本是很严肃的事情，此时在复习备考上应该有所进展才对，看来我是真的不行了。自四月以来我那暴躁的心情，通过看推理小说，倒是平复了不少。我沉溺于推理小说之中，与之前相比，情绪稳定多了。

对了，之前大家评论过的阿加莎的作品，我也打算买文库本，在圣诞期间看，就是那本《波洛圣诞探案记》！

另外还有三本奎因的书，我在旧书店也没有找到，分别是《恶魔的报酬》《红桃4》《龙牙》。我想要的不是旧的装订版本，而是二十世纪九〇年代后半期新的装订版本，不过没有找到。《红桃4》的封面还挺好看的，看来大家都不愿拿出来卖啊。啊啊啊，真令人苦恼啊！要去旧书店，也得等到考试结束才行呀。

在宣布考试开始之前，请勿打开试卷

K 大学 ●●系 试题

小论文 找犯人（200 分·120 分钟）

考试日期：令和三年 2 月 21 日（星期日）

注意事项

1. 请用黑色圆珠笔作答。

   修改时请使用双划线，禁止使用修改液或修正带。

2. 考试结束时间到，请立刻停止作答，等待监考人员的指令。时间到后继续答题，视为作弊行为。

3. 试卷共 23 页。

   考试中如发现试卷印刷不清、缺页、页码顺序有误以及答题纸污损等情况，请举手报告监考人员。

4. 试卷空白处可打草稿。不过请勿撕页，以免被疑为作弊行为。

5. 考试期间，请尽量戴好口罩，做好病毒防护工作。

   考试期间如感身体不适，请立刻报告监考人员。将更换教室继续考试或者择日再考。

   出于病毒防护的考虑，允许提前交卷。如希望提前交卷，请举手报告监考人员，并将答题纸交给监考人员，然后带上自己所有的随身物品离场。一旦离场将无法再次入场。

6. 关于作弊行为

考试期间一旦发现作弊行为，将严肃处理。

如发现类似作弊行为的举动，监考人员将会给予一定的提醒。

如被认定为作弊行为，将立刻取消该考生的考试资格。

7. 考试结束后，可以带走试卷。

试题：阅读下面的小说《烟之杀人》，请找出犯人、指出犯人使用的伎俩，并阐述理由。

烟之杀人

1

"记得是今天吧，线上生日会。"

哥哥平良想起来对我说。我，安藤昭——小昭，一边叹息一边回答：

"不是说过很多次了吗？我会待在房间里，不会打扰你的。"

今天是六月二十日，星期六，是同班同学瓜田宇一——小宇——的生日，今年打算朋友们一起在线上开生日会庆祝。尤其是其中一个朋友岩仓郁美——阿郁，小时候曾得过肺炎，害怕再次感染，大家对此决定均无异议。

平良笑着说道：

"不好意思哈，我们同期也要来个线上酒会，大家好久没聚了。"

"警察大白天也能喝酒？"

"难得的假期，放松一下嘛！"

平良苦笑。同期指的是大学时代的同学，大家分散在日本全国各地，从事着不同的工作，线下很难聚在一起。如果是线上的话，只要时间合适，聚会就能实现，看来哥哥也以自己的方式在苦中作乐。因为是警察，没办法在家办公，疫情期间工作量反而增加了不少。

目前出入受限，我没办法和女朋友阿郁自由见面，为此痛苦不已。而网络会议软件尽管用过几次了，但有时对话还是会有延迟，由于全世界都在使用网络，网速就会变慢，这真让人难以忍受。说实话，真想和往常一样，在小宇家门前的卡拉OK厅聚聚，热热闹闹地宣泄一下情绪，但这也不可能实现。

我看了看时钟，已是下午一点二十分了。

"那我就拿着果汁和糕点去房里了哦。"

"好呀，我也拿着酒和下酒菜去房里了哦。"

我俩在客厅告别，回到各自房间。

*

下午一点三十分整，大家都到齐了。

"现在这种情况，大家还能聚在一起，真是感动啊！"

小宇在电脑画面中说。屏幕分为六格，大家看起来都很小。小宇的画面边缘闪着绿光，这说明他的麦克风开着。

在他身后，可以看见开放式厨房的柜台、餐柜等，看来小宇在客厅操作电脑。

接下来江波绘里——绘里——的画面闪烁着绿光。

"真见外，大家是为了小宇你才聚在一起的呀。"

她人在自己的房间，大家可以看见泰迪熊、香薰蜡烛等可爱的小东西。因为平时很难看到同学们的房间，所以还是感到有些惊讶。

而阿郁的背景则是合成的夜景画面，这有点做作，不符合她那张娃娃脸，倒也有些好笑。大家可以设定自己喜欢的背景，是这个网络会议软件的特色。有时因为需要紧急移动，画面背景来不及处理，就会看到房间的样子，这挺好玩的。

接下来是冈田央树——阿央，手拿装着可乐的玻璃杯笑着说：

"应该说是多亏了小宇的生日，我们才能以这样的方式聚起来，我挺感激的。新闻中经常听到线上酒会之类的，但我嫌麻烦，连网都懒得上。"

"是呀，大家一起去家庭餐馆聚会多好呀！"我说。

"啊，我们没有酒，连线上酒会都算不上呢。"阿郁自嘲道。

"那叫什么呢？线上餐会？"

"叫什么都无所谓。"阿央笑道，"真是的，净扯这些有的没的，没完没了的感觉。看你们都挺好的，我就放心了。"

"阿央还是嘴巴不饶人啊。"

阿郁不服输地反击道。

"嗯？是不是灯光不够亮？"

绘里独自嘟囔着，摘掉耳机站了起来。

从小宇的画面里传来爵士乐的声音。小宇一直没有说话，但画面却闪着绿光。平时我不听这种音乐，不过现在听起来倒是能让人平静下来。

"小宇，你们棒球队的比赛现在要怎么办？"

阿郁问。小宇睁大眼睛回答：

"嗯，这个嘛……反正我也不太清楚。老师的态度也模棱两可。今年是最后的比赛，本来铆足了干劲的，却参加不了，真是大受打击啊……"

我很少看到平时阳光开朗的小宇如此痛苦。我所属的文艺社，兴致勃勃地计划以今年的形势为题写一部短篇小说，以此作为毕业留念。但运动队却不能这么做。最终能以具象的东西留存下来，我或许是幸福的。

"美术社好像也差不多是这样，而且我们的绘画工具一直用的都是学校的。"

看画面，绘里已经回到电脑前面了，她正要戴上耳机。她的房间也好像变亮了些。

"嗯，都差不多吧。女排也一样，大家都精力过剩，不知道该怎么宣泄。"

阿郁笑着说。

"绘里有自己的绘画工具吗？"

"怎么可能？我根本就没想过在大学画画的事。"

"哦。"

阿央应道。

"哎？绘里，那不是我向你借的那本书吗？阿加莎·克里斯蒂的《葬礼之后》。"小宇说。

我看了看绘里的画面，发现她身后的书架上放着几本推理小说。

"啊，这本吗？因为我很喜欢，所以有两本。"

绘里沉稳地笑着回答道。

"哦，这样说真的好酷耶，我也想这么说。"阿央微笑道。

"真好，五个人聚在一起，就有说不完的话。"我苦笑,"不过今天的主角怎么一句话都不说呢?这样的话,今天的生日会就没法开始了,没有干杯前的致辞,连饮料都喝不成呢。"

"不会吧,我已经开喝了呢。"

阿央慌忙放下玻璃杯,大家听后哄堂大笑。

"好吧,既然小昭都这么说了,那就由我来说几句吧。今天非常感谢大家抽空前来相聚。大家看到了吧,生日礼物都堆成一座小山了。"

小宇抬起电脑,给大家看后面的桌子。桌子上堆满了包装好的大大小小的箱子。"咻咻——"阿央吹了声口哨。

箱子里装着大家送给小宇的生日礼物。因为没法亲自交给他,大家都事先寄到了小宇家中。小宇收到礼物后,就会马上扔掉邮寄单,他说"如果知道是谁寄的话,就没意思了",这样一来,就不知道礼物是谁送的了。

"能够收到大家的心意和礼物,我十分高兴,真的太谢谢大家了。这份礼,等大家过生日的时候我再还。那么,就让我们来干杯吧!"

大家齐声喊道:

"干杯!"

接下来是拆礼物的时间。

小宇从一堆箱子中选了一个，虽然邮寄单已经撕去，但送的人因为知道包装，肯定能认出来，不过他不能说出来。小宇打开礼物后真实的反应，以及"这是谁送的呢？"的猜谜游戏才是好玩的地方。

　　小宇打开了第一个箱子。

　　"啊，真开心。是钱包啊。我的已经很旧了，正想要个新的呢。"

　　"猜猜这是谁送的呢，小宇？"

　　"好难猜呀。黑色的长钱包，看来应该是男生买的，不过礼物送钱包，可见这人很细心……是绘里吗？"

　　"太过分了，小宇，这是我送的，你竟然搞错……"

　　阿央故作撒娇状，大家不禁都笑了。倒也没错，送实用的东西，这很符合阿央爽朗的性格。而且小宇和阿央从小学开始就相识相交，很爱凑在一块儿搞恶作剧。两人很懂对方的心思，也知道对方真正需要的东西。

　　小宇继续拆礼物，我送的是水笔，阿郁送的是小宇喜欢的果冻套装，而绘里则送了瓶装饮料。

　　小宇说很开心，水笔可用于今后的考试和大学学习，家人也爱吃果冻，只是现在都不在家，等他们回来了一起吃。而瓶装饮料嘛，就算没了社团活动，也可以在训练时喝。小宇对每一件礼物的反应都很真实，并对大家表示感谢。他不仅个性开朗，而且认真细心，这正是他的魅力所在。

"我全部拍给大家看哈，真的太谢谢大家了！"

小宇改变着摄像头的角度，画面开始转动。桌子上堆满了东西，有水笔、果冻套装、瓶装饮料、长钱包，还有散热小风扇。

随即响起一阵拍手声。

"不好意思，我离开一下哈。"

绘里对着麦克风说。

"要去哪里？"

阿央这么一问，绘里有些生气："你这人真是的，洗手间啦。"

绘里关闭话筒声音后离开了座位。

就这样，在场各位的礼物都已经打开了。

2

"哎？怎么还有一个？"

我马上凑近电脑去看。

我的画面位于电脑的左上方，而小宇位于上面中间。

就像小宇自言自语的，桌子上还有一个红纸包装的箱子。长方形，厚约四厘米。看着像是糕点的样子。

"真的呢。"阿郁说，"这谁送的呀？"

"大家的都已经打开了呀……难道是谁特别想念小宇，送了两份礼物？"

"如果真像阿央说的那样就太开心了。"小宇笑道，"那拆封仪式就要进入加时了喽。"

小宇说着便撕开了包装。

就在那时，只见小宇手里的箱子冒出了一阵浓烟。

"哇！"

小宇的画面中充满着蒙蒙白烟。究竟发生什么了？是因为最后那个礼物？

我无意中看到电脑画面中显示的时间——下午二时三十五分。

"怎么了？这到底怎么一回事？"

阿郁不安地说。

我紧盯着电脑画面，阿郁和阿央也目不转睛地看着。除了离开座位的绘里，小宇也消失在滚滚烟雾之中。

"什……什么呀，这到底怎么一回事？！"

这时电脑里传来小宇的声音。

下一瞬间，小宇的画面有了变化。

画面右下方的麦克风显示已经关闭。

"静音了?"

阿央说。

由于没有声音,不知道小宇那儿发生了什么。也听不到爵士乐。烟雾蒙蒙,根本不知道发生了什么。

肚子有些难受,同时不安笼上心头。

"我说,这到底是什么情况呀?"

从小宇的画面向右下方看,绘里已经回来了,麦克风也打开了。

"这是谁搞的惊喜吗?不过这烟有点多呀!"

绘里说道。她刚开始还是不慌不忙的,接着神情马上变得严峻起来。"不会吧,怎么回事?"她自言自语道,声音里感觉不到一丝兴奋。

"小宇的家人呢?他们没事吧?"

绘里一针见血地问。

"刚才打开果冻箱子时,他说家人都不在。"阿央回答。

"那现在谁也不知道发生什么了吗?只要把窗打开,烟就会散去。"

而现在连这都无法实现啊。

阿央突然说:

"我们之中离他家最近的就是我,我现在赶过去,用不了十分钟就能赶到。"

"那我给小宇的手机打个电话！谁赶紧叫一下救护车！"

阿央和绘里也从电脑画面中消失了。阿郁脸色铁青，看着画面嘟囔道："怎么办？该怎么办？"我必须保持清醒。为了让自己振作起来，我告诉阿郁："阿郁，我来打119，你深呼吸一下，觉得难受的话就不要看画面了。"阿郁颤抖着点了点头，也从画面中消失了。

我拨打了119，拼命地传达现场情况。119说过十五分钟就能到。

我坐立不安，就去了哥哥平良的房间，连门都没敲就进去了。

平良一边嚼着鱿鱼丝，一边喝着日本酒。他一脸惊讶，摘下耳机问：

"怎么了，小昭？我现在开着摄像头呢。"

"不好意思，哥哥，帮帮我。碰到麻烦事了……"

哥哥看到我不安的样子，突然变回了警察的神情。

"知道了，我现在就去。大家，不好意思啊，你们继续，我去看一下。"

哥哥把耳机放在桌子上，不等大家的回复，就来到我房间。

哥哥一看到画面，就冷静地说：

"还是不要进入那个房间为好。"

"为什么？小宇说不定遇到危险了呢。"

"我无法确定这烟是否有害，说不定是催泪瓦斯或是毒气。尤其是你朋友一直没有回话，这样看来的话……"

听完哥哥的话，我浑身战栗，我从没想到过会发生这种事。

"你还是打电话给那位要进房间的朋友吧，这事还得交给专业人员去处理。"

这时，绘里回到了画面之中。

"不行，我打了小宇的手机，打不通，也打了他家的固定电话，还是打不通。"

就在这时，小宇画面中的蒙蒙烟雾开始了流动。浓烟流向画面右侧，房间里的烟雾渐渐散去。

我看了看时钟，下午二点四十分。

"烟散了，是救护车到了吗？"

"不，哥哥，不是的，是我朋友阿央到了，肯定是他打开了窗户。"

"来不及阻止他吗？没事就好。"

我们渐渐地看清了房间内的情况。

再过三分钟，房间里的烟完全散去了。

小宇倒在地上，阿央来到他身旁。小宇横卧在客厅地板上，头朝着走廊的方向。

阿央走到小宇的背后，摇了摇他的肩。

但是小宇毫无反应。

我被吓坏了。

阿央回过头，悲伤地盯着电脑的摄像头。

只见阿央张大嘴说着话，但我们什么都听不见，麦克风还处于静音状态。不知道阿央是不是已经注意到了，只见他眼睛看向自己的手边，不知在操作什么。

"大家……"

电脑里传来阿央颤抖的声音。

而他身后，小宇的身体朝前骨碌滚了一下。

绘里见此发出一声尖叫。

小宇的左胸上插着一把菜刀。

"已经……死了。"

阿央冷冷地说道，声音令人感到毛骨悚然。

电脑画面那边传来救护车的警笛声，那声音振鸣着，带着从未有过的不祥。

3

这事件虽过了两周，但它带来的冲击仍未消失。

在电脑画面中看到小宇的尸体后，阿央说"救护车马上就来了，我来处理吧"，便承担起交涉的任务，而其他人也马上退出了电脑。尽管阿央说详情过后再谈，并主动承担起交涉的任务，但由于是第一个进入现场的人，下线后我还是心神不宁，深感不安，担心阿央会不会因此遭到怀疑。

那之后，哥哥身为警察参与了调查工作。他好不容易有个休息日，却被卷进来，我觉得很对不起他。

线下课程还没有重开，在全员到齐的班会上，班主任宣布了小宇的死讯，引起一片哗然，对此我记忆犹新。参加生日会的成员的社交软件群，自那日以来，也是沉默至今。

"长此以往我们将会变成一盘散沙。"

我收到阿郁的短信，如果不是这样的形势，我们就能相聚在一起，调节一下心情。想到这，我感到自己的心揪了起来。

"哥哥，怎么样了？你们查到些什么没有？"

这期间我深受打击，一有事就会问当警察的哥哥。

"嗯，本来关于搜查的事情是不能对外人说的，但小昭你又急得不行……嗯，好吧，我告诉你，不过你可要保守秘密哦。"

说完，哥哥便有条不紊地说起这次事件的原委。

六月二十日，星期六，下午一点半生日会开始，而从多出来的礼物中冒出烟来的时间为下午二点三十五分，这通过电脑的时间显示便可得到确认。下午二点四十五分阿央到达小宇家，打开大门和窗户，排出室内的烟。

大门不知为什么没有关，而室内的窗户，包括阿央打开的客厅的窗户，都关得死死的。

平良说：

"死亡推定时间为下午二点到四点之间，这点和证词是一致的。"

小宇的尸体，头朝走廊。估计他想从浓烟弥漫的房间里逃出去，却和从走廊进来的凶手撞个正着，被刺身亡。

"那烟又是怎么回事呢？"

"箱子里有三根烟管，打开箱子就会一起喷发。如果说是恶作剧的话，这也太过分了。还有，瓜田君……"

平良稍稍瞄了我一眼。

"……啊，为了方便说明，我也用绰号称呼吧。就是说小宇家中的火灾报警器，能够感知热气，却感知不到烟，所以烟管的烟并不会触发报警器。"

平良神情有些阴沉。

"其实啊，小昭，这事我们按强盗杀人的方向在进行侦办。因为他父母房里的贵重金属和钱财被盗，而且大门锁芯上还留有用铁丝撬过的痕迹。"

"怎么会发生这样的事呢？"我说，"小宇父母的确有钱，那房子也挺不错，可是……这也太巧了吧。生日会期间冒出蒙蒙白烟，强盗趁机入室偷窃。你觉得可能吗？"

平良摸了摸下巴。

"啊……我也在想这件事。"

接着他拿出手头的笔记本，在上面简单地画出房子的平面图，这是事件发生时小宇家中的情形（参照下图）。

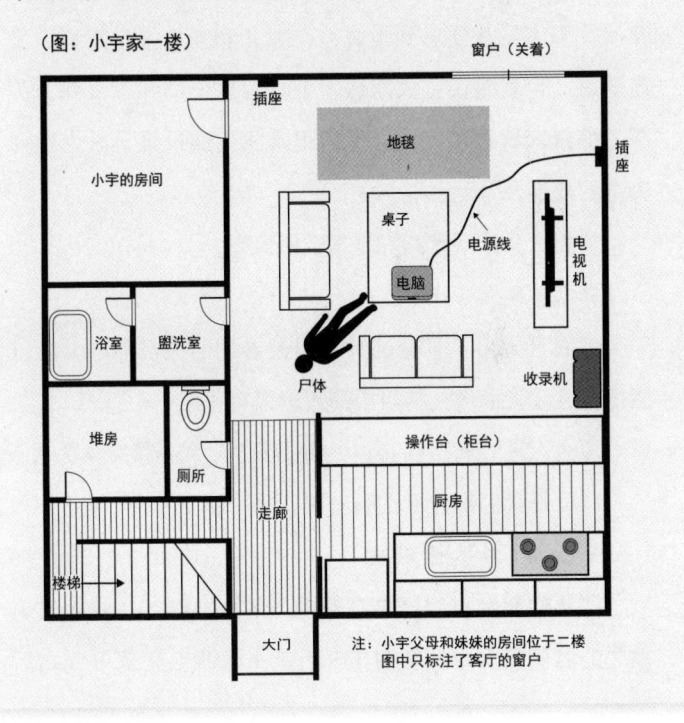

（图：小宇家一楼）

"按图看来，小宇坐在面对窗户的沙发上，背朝走廊。电脑摄像头的角度微微向上，因此拍不到走廊的情形。也就是说，看不见二楼父母房间的进出情况。

"摄像头的角度有过两次变化，都是为了拍桌子上的礼物，一次是礼物还没拆箱的时候，另一次是拆箱之后。这两次都没有拍到走廊的样子。

"同事们认为：通过摄像头完全看不见强盗的行动，强盗应该是在线上生日会开始后闯进来的，接着屋内烟雾弥漫，小宇见状便逃到走廊，在那儿和强盗撞个正着，惨遭杀害。也就是说，大家认为烟雾的恶作剧和杀人并无关联。那帮家伙都很固执，他们很难相信通过烟雾杀人这种猎奇的故事。"

"那么，这烟雾到底是怎么回事呢？"

那烟雾也太夸张了。

"而且知道生日会的只有当天参加的成员而已，所以能把烟雾装置混进礼物当中的人也只有我们……"

那么，犯人就在我们当中？想到这儿，我不禁后背发凉。

"可是我们都有不在场证据。"

平良翻了翻笔记本说：

"从烟雾冒出到阿央赶到现场的十分钟，是犯人实施犯罪的时间段。小昭拨打119后就来找我。阿郁下线之后和家人一起待在客厅，这点她的家人可以证明。

"绘里虽然曾经离开，但这是为了给小宇打电话。阿郁没看画面的时间和小昭打电话给119的时间相对不确定，绘里离开的确切时间也不清楚。但是她家离小宇家有三十分钟的路程，没有特殊情况是不可能打个来回的。案发当时，她家人都有事出门了，谁也不在家，所以没人可以为她提供不在场证明，不过好在摄像头就是最好的证明。

"还有就是阿央。下午二点三十七分，他飞奔离开家；四十五分，打开小宇家的窗户。看清他全貌是烟雾散去后的四十八分。我们也进行了实证调查，从阿央家到小宇家，全力奔跑的话，差不多六分钟就可以到达。阿央从离开摄像头到家门口的时间，再加上到小宇家之后打开窗户的时间，差不多十分钟左右。"

当听到包括自己在内的朋友都遭到怀疑时，我浑身不舒服，总觉得很难受，不过转念想这是哥哥的工作，就只能接受了。

"不过，说不定这里面有什么诡计呢？"

要怀疑自己的女友，这让我无法忍受，不过阿郁的背景的确是合成画面。她或许只是假装在家里，其实有可能就在案发现场附近。

"嗯……"良平思索道，"如果是诡计，没有确凿证据的话，要锁定目标就难了。

"不过，小昭你刚才的疑问很棒。烟雾到底是怎么回事呢？以这个疑问为出发点，来思考一下到底是个怎样的诡计。"

平良询问我的意见。

"这很好懂，应该是为了遮挡摄像头啊。犯人在杀害小宇时，需要一些遮挡的东西吧。"

"这和诡计相关吗？嗯……"

我又开始思考诡计的事了，这样可不行，首先得大胆假设。

总之，犯人就在现场，就在小宇家中。

"犯人最想隐藏的，毕竟还是自己啊。"

平良微微点了点头。

"是呀，我觉得你的想法还是挺有道理的。虽然不明白犯人为何选择那天动手，但他的确选择了生日会进行到高潮的时候下手。当小宇接受大家的祝福，达到幸福的巅峰时，凶手想在这时杀死他，理由或许就是这样。动机嘛，稍后再说。

"总之，犯人选的就是这个时间点。因为线上生日会正在进行中，所以大家的一举一动都在摄像头的监控范围内。在这种情况下，当然无法杀人。于是犯人心生一计，用烟雾遮挡视线，逃过视频监控。"

"事件始于打开箱子的那瞬间吧！犯人看准的就是这个时机，趁烟雾遮挡视线之际作案。"

话说到这里，我感到有些奇怪。

"啊，不对呀，哥哥，这想法完全行不通。"

"你细说看看。"

"光遮住视线是不够的，因为就算在烟雾之中，只要有人靠近自己，还是能够知道对方是谁的呀。万一叫出对方的名字，麦克风就会收音，那就万事休矣。"

这时只见平良的眼睛闪闪发亮。

"原来是这样啊。"

平良脸上浮现出不屑的微笑，我很不解。

"小昭，我知道犯人是谁了。"

"啊？！"

我十分惊讶，难道哥哥已经通过刚才的讨论推断出什么了吗？

平良接着说：

"这事件的核心在于：为什么在烟雾笼罩的房间内，犯人可以顺利地按下静音键呢？"

"怎么一回事？"

话一说完，哥哥就想起来了。烟雾冒出之后，小宇的画面便静音了。当阿央开窗排出烟雾,对着画面说话的时候也处于静音状态,只看到他嘴巴在动,却听不到他的声音。

"对,就像小昭你刚才所说的那样。光遮挡视线是不够的,如果还能听到声音,那就毫无意义了。"

所以犯人必须得按下静音键,可当时由于房间里烟雾弥漫,完全看不清。"啊……这样呀。为了不被小宇发现,犯人必须用手触摸静音键才行。小宇感到惊慌失措,肯定会四处乱跑。犯人趁机冷静地靠近电脑,按下静音键。"

蒙蒙烟雾中隐藏着浓浓杀意,这一情景是多么魔幻啊!否则就不合逻辑。

"是这样没错,我接着说吧。

"大家使用的网络工具中,麦克风键位于画面右下方,通过这个键可以操控麦克风。这一操作可以通过电脑的触摸板或无线鼠标实现。也就是说,犯人需要靠近电脑,选择其中一个进行操作,按下静音键才行。

"小宇是右撇子,因此鼠标位于电脑右边。虽说屋内烟雾笼罩,但犯人还是尽量避免出现在摄像头的范围内,这点对他来说至关重要。"

"那他可以看到画面吗?"

"在烟雾之中,应该可以看到微弱的光吧!"

原来如此,我点点头。

"那还有一个问题,犯人又是怎样走到桌子和电脑旁边的呢?"

我一边思考一边接着说:

"因为窗户都是关着的,所以犯人只能通过大门进来。从大门口到电脑有着不短的距离,如果没有标记的话,肯定没有办法。

"比如荧光涂料?事先涂在电脑上,杀人之后再擦去。"

平良摇了摇头说:

"我们没有找到这样的痕迹,电脑和鼠标上都没有。首先,从冒烟到阿央来到房间才十分钟,要完全擦去化学涂料的难度极大。"

"是吗?"

我的目光落在平面图上,随即闪过一个念头。

"电源线呢?连接电脑的电源线。"

就算烟雾遮挡视线,从地上捡起电源线,然后沿着它来到电脑的位置。这不就是答案吗?我有点兴奋。

不过,再看一次平面图后,我有些丧气。

平良说:

"你应该也注意到了吧。是的,客厅的插座,窗边有一个,电视机旁边有一个,共两个,都在房间靠里的地方。"

"从走廊进来的凶手没办法顺着电源线……"

平良抓起电脑上连接的那根黑色电源线。

"顺便说一下,这根连接着电视旁边的插座,插座共有四个孔位,分别连接着电视机、录像机、游戏机和电脑。而窗边的插座,有两个孔位,但什么都没插。"

如果这样的话,那么原来电脑电源线有可能是插在那里的……不,这样的假设没有意义。就算插在那里,那么犯人就该从房间靠里的地方过来,难不成他是从窗户爬进来的吗?

我已经走进死胡同了。

然而,平良却微笑着说:

"到现在你还没想到吗?这件事的核心问题其实很简单呀。"

平良的笑意让我觉得心有不甘。

- 考题公布后，二月二十一日社交软件"嘟特"上的留言（经原发布者同意后节选刊登）

@mysterylove2 13:43

没想到考题公布得这么早，看来大学方对此而引发的话题性还挺有自信，不过总让人觉得不太舒服啊。

没料到考题内容如此简单。出场人物的姓名竟然是按"a, i, u, e, o"[⑦]来取的，真没劲。

（续）还有那烟雾，这也太牵强了吧，哪个犯人会想出这么古怪的计划来呀。真是乱来，还搞烟雾，真是太奇怪了。其实完全可以弄得更普通一点嘛，真不知道他们在想些什么。

@dokobokohead 14:02

真的不知道大学方到底在想些什么。这种找犯人的考题，怎么可行呢？要怎么解答呢，这种题目？让所有考生都及格算了。参加这种愚蠢考试的人，不是都应该得到鼓励吗？

---

⑦ "安"和"昭"、"岩"和"郁"、"瓜"和"宇"、"江"和"绘"、"冈"和"央"的日语发音第一个字母分别为"a, i, u, e, o"。

@queendom260 14:06

亲们，这披着时事哏的考题，令我想起"黑暗中的杀人"这一经典主题。讨论荧光涂料的情节，无疑说明了这一点。受其联想，在此将部分"黑暗中的杀人"主题的作品列举如下：

（续）埃勒里·奎因《黑暗之屋》（收录在《埃勒里·奎因的新冒险》中）、约翰·迪克森·卡尔《黑暗中的瞬间》（收录在《毁灭之门》中），还有以卡特·迪克森名义发表的《看不见的凶器》（收录在《不可能犯罪调查课》中）等等。

（续）爱德华·D.霍克《漆黑熟成室谜案》（收录在《山姆·霍桑的事件簿Ⅲ》中）、仓知淳《宛如碧风吹过》、北山猛邦《从停电到天明》（收录在《密室黑猫取出方法》中）、大山诚一郎《暗房凶案》（收录在《全员嫌疑人》中）等等。

@rdiculous575 15:08

（引用 @queendom260 的发言）漫画有《金田一少年事件簿》中的《暗黑城杀人事件》；游戏有《超级弹丸论破2》中的第一集或者《新弹丸论破V3》中的第三集。

@catcrossing36 15:50

引发热议的考题,已经看了。很意外地,我从中感受到了青春!希望有人能够因此喜欢上推理,不过谁知道会怎样呢。

@dokobokohead 16:17

怎么说呢,我觉得不可能。知名作家发出的"给读者的挑战书",最终都取决于"在多大程度上信任作者"。如果不懂得这个道理,那么就无法决定线索是否需要深挖,或者需要深挖到什么程度。

(续)我第一次读到这位作者的作品,而且还是位大学教授?此外就没有其他推理作品的材料了。如果只是为了打发时间读读也就罢了,但当作考题就过分了。大学方应该好好反省一下。

@mysterylove2 16:36

@dokobokohead 你在这种时候总是言之有理,迷上你了。

@dokobokohead 16:45

@mysterylove2 别迷恋我,容易灼伤。

@queendom260 16:57

@dokobokohead 依我看，作者之所以在第 3 章花了大量篇幅来讨论案情，应该是希望大家好好思考一下他为什么要这么写吧。

@dokobokohead 17:20

（引用 @queendom260 的发言）啊，是的是的，是这样的，我也这么认为。

- K 大学出版社团"无限大"通过官网发布的声明（汉字注音等均按原文）

我们"无限大"严重抗议此次 K 大学〇〇系的大学入学考试方式。

往年，像这样的声明我们应该在校园内手拿喇叭进行公开演讲的，但是由于现在仍无法自由出入校园，只能以此形式进行抗议，我们深为不甘。

自新冠病毒肆虐以来，我们多次对校方的对策持有疑问。比如小学、初中和高中已经重新开始线下授课，但大学仍在坚持线上授课；比如禁止进入图书馆等大学机构；

还有，尽管如此，校方还是毫不犹豫地收取学费等一切费用；学生们的本分是学习，疫情期间根本就没有打工的机会，校方无视学生的实际情况，仍收取费用，这妨碍了学生们的学习，实在是愚蠢得很。我们大学生的"幸福"，就这样被大学所断送，呜呼哀哉。

光是这些，就足以让我们失去对校方的信任，更糟糕的是，在我们大学生深受苦难之时，○○系竟然写出题为《烟之杀人》的烂文，在大学入学考试史上留下一大污点。

请K大学○○系主任和田太洋以及《烟之杀人》的作者赶紧辞职。我们"无限大"秉持大学自治的理念，对此丑闻感到义愤填膺，谨此表示强烈抗议。

（后略）

- **编辑独自采访阅卷人，收集了当时考生的答案，摘录如下**

·诡计在于阿郁的电脑画面，那是人工合成的背景，实际上她就潜伏在案发现场附近。

·"我"，即小昭是犯人，因为这样最令人感到意外。

·绘里很可疑,她肯定和小宇在谈恋爱。

·阿央跑到案发现场,这明显很不自然,应该是那时候杀的人。快速杀人?(这位考生很诚实地写道:"不过不知道那十分钟期间小宇做了些什么。")

·平良是犯人。只有他的身份最可疑,尽管是出于篇幅的考虑,但突然出现警察,还是显得很不自然。让他出场,让他成为犯人(第2章事件发生之后他恰巧就在小昭的家里,随后他滔滔不绝地、十分牵强地揭露不在场证据的诡计,这些给我留下了很深的印象)。

·线上生日会,烟雾恶作剧,这些都要怪新冠。犯人就是新冠(该考生开考二十分钟后选择提前交卷)。

- **大学名校升学补习校 S 学塾的网站于二月二十一日二十二时公布了参考答案(解答人为现代文首席讲师山冈努)**

解答

犯人:照明(点为编辑所加,下同)。从考题中无法确定其名字。

根据:因为他是送散热小风扇之人。

解说

本年度有大学采用"找犯人"这一推理的形式，以写小论文的方式进行考试，可谓是前无古人。不过对本塾的学生来说，该考题信手拈来，根本就不在话下。这和《找犯人考试 虎之卷》中所介绍的模式并无二致。《虎之卷》中山冈详细地解释了解题的"秘诀"。现在如果报名本塾，将免费赠送《虎之卷》，这对明年应试或许有用。

《虎之卷》的第二条写道："阅读时要经常怀疑叙述。"尤其是在"找犯人"中，叙事性诡计会模糊出场人物的数量。这表现为：比如叙事者就是犯人啦，或者文中没有描写本该存在的人物啦。然后在第三条中，我主张"当作者有所企图时，就不会出现人物列表"。是的，无疑就是如此。姓名采用"a, i, u, e, o"的顺序，一目了然，可是文中并没有出现人物列表，这说明其中肯定有秘密。有可能 A 和 B 是同一个人，或者还有其他隐藏的人物。

《虎之卷》的第五条写着"请注意一、二、三、四这些数字所设下的陷阱"。这次的考题就是该模式。明明只有五个出场人物，文章开头却提到说"六个小窗画面"，生日礼物也有五份。既然生日礼物有五份，那么小宇加上其他五人，就应该有六人才对，是不是很奇怪？

（哎？你可能会问，这哪里有写呀？你看，就在这里。

——有水笔、果冻套装、瓶装饮料、长钱包、还有散热小风扇（见《烟之杀人》第八页），这不就是五样礼物吗？）

那么显而易见的，文中其实有一个隐藏的人物。补充完整的话，动机也许就是霸凌吧。从"我"的角度完全没有提及这"第六人"，说明这"第六人"一直被大家无视。在这种情况下，叫他来参加线上生日会，要求他送礼物，来了之后又无视他的存在，包括"我"在内的这群性格扭曲的人，从中体验到了快感。好讨厌的一群人，真是恶心至极。

而这第六人不愿自己再受委屈，于是便杀死领头的小宇，将他们推入恐怖的深渊。事情大概就是这样。

那么，这第六人是谁呢？《虎之卷》的第十八条中写着："当发现叙述性诡计时，就根本不存在所谓的逻辑。"当然为了说服阅卷人还是需要一定理由的。既然用叙述性诡计隐藏了某个人物，那么不管再怎么絮叨，他就是犯人。在有限的考试时间内，只要补充说明就足够了。这次的考题中，不仅他的样子，连他的不在场证据都没有写，这样看来他足以成为犯人。

不过，就算存在"第六人"，也不可以在答卷上写"第六人"啊，必须得把名字找出来。

让我们重头读起吧。我们重读时一定要注意：千万别抱着"哎呀，这里面隐藏着一个人呢！"的心态。这是练习，请再读一遍。

再读一遍考题，啊，找到了！

——"嗯？是不是灯光不够亮？"(《烟之杀人》第四页)

这是绘里说的。他不就在这里吗？"照明"⑧。他当时还没来到电脑屏幕前吧。这在《虎之卷》的附录"可以当作名字的一般名词·既可当姓氏又可当作名字的名字表·容易混淆性别的名字表"中明确有写，但凡看过附录的同学就一定会注意到这一点。

关于第六人"照明"是犯人的证据，出卷人在静音键那件事上进行了反复的强调。虽然这线索不够清晰，但出卷人给出的提示是十分明确的，绝对不可以忽视。只要比对、排除一下刚才提到的礼物，就会发现照明送的就是"散热小风扇"。小宇唯独对散热小风扇没作任何评价，这也是霸凌一说的佐证吧。

---

⑧ "是不是灯光不够亮？"的日语原文为"なんか照明足りない？"，光看字面也可以解释为"怎么照明不在呢？"。

至此，答案应该显而易见了。能够顺利找到电脑，依靠的是散热小风扇。"有了散热小风扇，烟雾就会随风飘摇，由此便可确定电脑的位置。"是呀，其实房间内并不是漆黑一团，而只是烟雾遮蔽了视线而已。真有意思。不过这真苦了考生了。

嗯，大家只需在上面要点的基础上，再进行逻辑分析，并写成文章，就能获得满分。

• 大学名校升学补习校 S 学塾升学信息部部长有贺太郎发给现代文首席讲师山冈努的邮件正文

From:Ariga1093@inlook.jp
To:Yamaoka8326@inlook.jp
发送时间：2021.2.21 22:45
邮件名：解答篇，已阅！

哎呀！实在是出乎意料呀，山冈老师！
完全没注意到风扇的风！所以推理的关键在于烟，而并不是黑暗呀。

这样本校的考生合格率定能远超其他预备校。《虎之卷》实在是太棒了。和往常一样，再加上只参加模拟考的考生，合格率铁定没问题了。

新冠目前还是很严重，等缓和些时，一起去喝一杯吧！这份工作，真是太棒了！

- 二月二十一日到二十二日期间，发到S学塾咨询邮箱的投诉和意见，总计一百五十二封，摘录如下：

·本次S学塾提供的解答，简直就是在侮辱推理，答案愚蠢至极。把找犯人当考题，而且还让小白来出题，也是愚蠢可笑，这一点我当然也不否认，但是不管再胡闹，也不能提供这种"参考答案"啊！"当发现叙述性诡计时，就根本不存在所谓的逻辑。"真是信口雌黄，这是对推理的冒犯，在情感上根本无法接受。如果自己的弟弟参与了这种阴暗的霸凌，那么识破事件真相的哥哥良平还能够坦然处之吗？事件发生之后，小昭还第一时间把他叫出来看电脑画面呢！如果真的存在"第六人"，那么在"我"看来，犯人不就显而易见了吗？根本就不需要为之苦恼。原来那讲师还在电视节目上当过嘉宾，真够自以为是的。让这样的人来当学塾的老师，还要支付高额的学费，真是岂有此理！（60多岁男性）

·我家孩子也在这家学塾，之前完全不知道还有如此不靠谱的老师。马上退课。（50多岁女性）

·山冈老师的风格，我很喜欢，之前只有学塾的孩子和看过他编写的参考书的学生才能见识到，而这次参考答案发布在网络上，又是全国关注的考试，肯定众说纷纭，会有各种各样的意见。
希望山冈老师不要气馁，继续加油。（10多岁男性）

● 博客"Mystery Room"摘录

二〇二一年二月二十三日（星期二）

S学塾提供的解答，已经成为大家热议的话题。怎么说呢，虽然我对叙述性诡计毫无兴趣，但他这么说也有他的道理……我越来越没信心了，看来是考不上了。呜呜！

反正都这样了，我还是把我的解答思路写出来，供大家参考。

解答

犯人：江波绘里（绘里）

根据：能够顺着电源线来到电脑前的唯一之人。

我以S学塾的解答为参考，模仿它的风格写下我的解题思路。试卷我带回来了，一边看着原文一边码的字。

首先是关于案发现场存在的矛盾。我的着眼点在插座上，电视机旁有四个插座的孔位，分别插着电脑、电视、录像机和游戏机，但是这里有一明显的矛盾。线上生日会开始后，从小宇的电脑里一直传来爵士乐。平面图右下方有一台收录机，应该是它在播放爵士乐吧。烟雾冒出之后，小宇的电脑静音了，而发现尸体后，文中并没有关于音乐的描写，也就是说音乐已经停了。

这是怎么回事呢？收录机位于平面图的右下方，电源线平时绕过电视的后面插在旁边的插座上。

这就是说，收录机原来是插在电视旁边的插座上的，那么电脑就没有插在插座上，由此可见电脑是插在窗边的那个插座上的。

这样一来，就能判明犯人所需的条件。犯人是从窗边插座顺着电源线来到电脑前的。

找犯人真有意思（←这只是我个人认为，我怕我的推理有可能是错的……），不过还是无法单从这一条件推断出犯人。那就来好好梳理一下伏笔，犯人便能锁定（←我反复申明，这仅仅是我个人的意见而已，哈哈哈）。

那么，犯人是从哪里进来的呢？窗户反锁着，排除。也就是说犯人是从小宇的房间出来的。是的，除了小宇之外的四人当中，有一人假装在自己的家，其实是藏在小宇的房间里参加了这场线上生日会，这才是真凶所需的条件。

线索就在开头第1章的对话当中。当时绘里说"灯光不够亮"，便摘下耳机离开了一会儿。而后大家谈论起了新冠期间的社团活动，当小宇说棒球队停止训练之后，刚返回座位的绘里接着谈起了美术部的情况。在说完美术部之后，专门有一句话描写说"正要戴上耳机"，可见她并没有听到刚才大家所说的内容，这很可疑。答案只有一个，也就是说绘里所处的位置能够听到小宇的说话声。

总之，交往中的小宇和绘里待在一起过生日。文中强调说他俩都没有家人在家,这其中的意思值得好好品味。

绘里的电脑背景是她自己家没错,不过这应该是事先拍好后合成的,这样一来她就可以装成是在自己家。

还有其他的伏笔也暗示着这一诡计,如阿加莎·克里斯蒂的《葬礼之后》。当小宇看到绘里家中(电脑画面背景中)的书时,他说"那不是我向你借的那本书吗",而绘里的回答是"有两本"。实际情况并非如此,因为是拍照之后才借的书,所以就会产生矛盾。小宇发现了这一点并加以指出,原本是想逗绘里玩的。在大家面前说出两人专属的秘密,真够刺激的(←真是的,搞这么亲密……)。当然,小宇为了隐瞒两人的恋爱关系,对绘里所做的小把戏也是心照不宣。而绘里呢,在不知不觉间,把小宇变成了共犯,真有意思!(←我反复申明,这仅仅是我个人看法而已。)

文中绘里多次离开座位,前几次离席,是为了在小宇父母卧室里留下强盗入侵的痕迹吧!而在烟雾冒出之前的那次离席,是为了杀小宇。菜刀不管是从小宇家厨房拿的,还是她自己从家里带过来的,她对小宇早有杀意这一点是确凿无疑的。

如果小宇喊出自己的名字,那就完蛋了,所以一定要按下静音键。烟雾一冒出，小宇便不由得想喊绘里的名字，但是为了不暴露两人的恋爱关系，他只能忍着。绘里知道窗边的插座连接着电源线，心想着只要离开房间就没事了。

但是，倒霉的是收录机也插在插座上，如果就这样放任不管的话，那么就有可能暴露自己是犯人，所以需要重新换一下插座，但当时插座已经全满了，没法再插了，最终就变成收录机没有插在插座上。

案发现场离绘里家有三十分钟路程，所以杀死小宇再回到电脑画面时，她应该还没有回到自己家里。文中第1章开头部分有提到说"小宇家门前的卡拉OK厅"，如果躲在那里的话，就不会在路上碰到阿央。接下来等线上生日会结束之后回家就行了。

文中也暗示她身处卡拉OK厅内，在第2章结尾的地方说"电脑画面那边传来救护车的警笛声，那声音振鸣着，带着从未有过的不祥"。这可以解释为因为杀人事件带来的冲击，也可以解读为两个麦克风同时收音造成颤噪效应，发出令人不快的声音。

由此推断，犯人就是绘里，动机应该就是毫无新意的"痴情恋爱纠纷"吧（←用电脑可以轻松打出"痴情"的汉字来，如果手写可不好写啊，在考场上我就没能写出来。）

（补充）

尽管如此，我还是觉得这样的犯罪有点不太自然。考试之前，因为奎因的《Y的悲剧》，我去看了都筑道夫的《黄色房间如何改装？》，按照这本书里的思路去思考就行。我看过他的短篇小说，书中常见这种模式：由于别人的行动，犯人被逼入绝境，不得已而采取的伎俩会造成令人费解的谜团。我想这是都筑道夫本人提倡的"现代侦探故事"的实践行为。

这么看来，"小宇和阿央从小学开始就相识相交""很爱凑在一块儿搞恶作剧"，原来都是伏笔呢。我只是打个比方哦，说不定烟雾就是小宇和阿央搞出来的恶作剧，与绘里毫无关系，这才更有意思哪。绘里走出房间，看到烟雾弥漫大吃一惊，但她还是顺着电源线，按下静音键，杀死了小宇。不过由于插错了插头，再想到阿央马上就要赶到现场，没有时间做一些伪装工作，于是便产生了这一令人费解之谜。

阿央原先知道会有烟雾，这么说也是有根据的。阿央马上"闯入现场"，付诸行动。正如哥哥良平指出的那样，烟是不是"毒气"或"催泪瓦斯"，仍然值得怀疑。就算没那么可怕，来路不明的烟雾笼罩房间，一般人贸然进入都会有危险，毕竟谁都不知道那究竟是什么。

那么这就得由专业的急救队出马才行，而阿央马上闯入房间，应该是"知道这烟无害"吧！

上面便是我在考场上所写的答案，当时的我自信满满，但如今想来，却是有点妄想了。而且和"拿着菜刀，事先就有杀意"这一自己的推理有所矛盾。"很早之前就起了杀意，不过烟雾是个意外"这样行不行呢？顺着电源线按下静音键，这方法差不多三分钟之内就能想得到吧。唉，真是越想越矛盾呀！哎呀，看了S学塾的解答后，我真的失去了信心。

以上是我的解答，仅供大家娱乐。

想想接下来的一年还得复习备考，真的提不起兴致，那就享受当下吧。一大堆推理小说还等着我去看呢。

● **博客评论选**

1. 真棒。以现场存在的矛盾为出发点，博主看来应该是奎因迷，也总看到你在读奎因作品。
2. 这解答比S学塾的合理多了！认真看了看很有意思！

博主不够自信，就像是一位怯弱的名侦探。（笑）

3.啊，真的很有意思啊。从原文中可以推出这个解答，这也应该算合格吧。祝福春天如愿来临（樱花符号[9]）。

4.之所以会陷入自相矛盾中，是因为考题本身就有问题啊。我认为在所给材料的范围内，这解答已经算很不错了。

5.这也许才是正确答案。如果是，那就说明K大学也想到了这一点。真棒，看来我得重新认识你一下。

6.不对呀，绘里摘下耳机却仍能参与对话，这一段应该是出卷人的疏漏吧，这很像门外汉会犯的错误。

7.上面6指出的那一点，我觉得很有道理。即使是大家热议的S学塾的解答，也有很多奇怪的地方。散热小风扇那部分也难以服众。有些地方看起来是出卷人的失误，这会导致出现不同的解答，这种"找犯人"的考题真够差劲的。

难道这也是出题人的目的所在？故意留下许多破绽，是为了看到考生们丰富多彩的解答……可这样的话，就不能轻易地说是"找犯人"了……

总之，博主您辛苦了，请好好休息，保重身体。

---

[9] 樱花盛开，象征如愿考上大学的意思。

8.S学塾认为动机是霸凌，而博主认为是情爱呀。就算是大学出的题，但给高三学生看这种露骨的东西真的合适吗？我认为是不合适的。

9.前面那个人说的都是什么呀？

• 大学官网三月一日公布的解答

解答

犯人：冈田央树（阿央）

根据：首先来回答一下为什么可以在烟雾之中按下静音键这个问题，答案就是"被害人自己按的静音键"。这才是从文中能够推断出来的解答，这很简单。

小宇和阿央是老朋友，爱搞恶作剧。因此两人计划在生日会上也来一次恶搞。首先把烟管放到小宇房间，等烟雾散去时，就会发现倒在地上的小宇，而阿央则负责赶到现场打开窗户，这都是为了增加紧张的临场体验感而已。之所以认为两人是共犯，看看大门没关就明白了。

原来的计划是为了让大家大吃一惊，等阿央赶到后，坦白告诉大家这只是个恶作剧而已，但是阿央背叛了小宇。在之前两人相处的过程中，阿央对小宇的怨恨越来越深，于是当场刺死小宇。也就是说，这原本只是一场戏，结果不知何时动了真格。

- 解答公布后，三月一日社交软件"嘟特"上的评论（经原发布者同意后节选刊登）

@mysterylove2 10:43
　　好了。
　　解散。

@dokobokohead 11:35
　　总之不就是快速杀人嘛！就应该先考虑这个才对嘛。

@mysterylove2 12:01
　　怎么说呢，这么看来，博主后半部分讨论的就是事件的真相吧！大学方看了这部分之后随便写写的吧！

　　（下面是无数条谩骂攻击的评论）

- K大学官网三月二日上午十时刊登的谢罪文

本次我校考题小论文"找犯人"中,存在若干表述上的错误,现改正如下:

①"说实话,真想和往常一样,在小宇家门前的卡拉OK厅聚聚,热热闹闹地宣泄一下情绪,但这也不可能实现"(第2页)→删除

本意只是想描写时下的新冠和高中生的心情而已,但好像招致了误解。原本就不存在卡拉OK厅。

②"屏幕分为六格"(第3页)→"屏幕分为五格"

电脑屏幕,不论五人参加还是六人参加,画面尺寸都是一样大的,文中说的是和六格画面一样大的意思,这样的表达会让大家产生误解,予以改正。

③从"是不是灯光不够亮?"到"摘掉耳机站了起来"(第4页)→绘里说"灯光不够亮",便打开了边上的台灯。

④从"看画面"到"好像变亮了些"(第5页)→删除

这样,绘里不必摘掉耳机站起来,就不会产生还是可以听到声音的矛盾。"照明"这个谜一般的人物根本就

不存在。

⑤从"哎？绘里，那不是我向你借的那本书吗？阿加莎·克里斯蒂的《葬礼之后》。"到"哦，这样说真的好酷耶，我也想这么说。"（第5页）→删除

这样一来，就不存在绘里合成背景照片把其他地方伪装成自己的家这一诡计了。

⑥"桌子上堆满了东西，有水笔、果冻套装、瓶装饮料、长钱包，还有散热小风扇。"（第8页）→删去文中的"还有散热小风扇"。

出题时刚好使用了散热小风扇，于是就顺手写进了文章，真没想到大家会深究这个地方。

⑦"电脑画面那边传来救护车的警笛声，那声音振鸣着，带着从未有过的不详。"（第13页）→"传来警笛声"

作者很注重营造气氛，为了避免误读，改为普通的表达。

⑧"是的，客厅的插座，窗边有一个，电视机旁边有一个，共两个。"（第22页）→"客厅的插座只有电视机旁边的一个。"

⑨"插座共有四个孔位"→"插座共有五个孔位"

根据⑧，从其他提到的地方和平面图上删去窗边的插座。另外，五个孔位上分别插着电脑、收录机、电视机、录像机和游戏机的电源线。

这样就不存在关于电脑电源线的矛盾了。

因此，坊间热议的补习校和某一考生公开的解答都是不正确的。

大家对原本采用"误导"技巧而写的文中信息，进行了过度解读。

大学公布的解答是唯一正确的答案。

不能得出正确答案的都视为不合格。

大学入学考试就是这样。

找犯人，就是这么一回事。

• 网络版《DIRECT 周刊》三月二日晚上八时更新

"前所未有的 K 大学小论文入学考试……'大学教授被网暴'"

首次"找犯人"入学考试……结果呢？

二月二十一日举行的K大学○○系入学考试的试题"找犯人",大学方面于三月一日公布了解答。公布后网络上充斥着怒骂和声讨之声,"最简单无聊的答案""这样的考试毫无意义",针对这种情况,校方于三月二日上午十时,以"谢罪文"的方式进行了回应。

在谢罪文中,大学校方大幅度修改了原考题的内容,并删除了部分表述。大学入学考试的考题设定为"找犯人"这一推理小说的形式,可以说是决不允许的。修改和删除的部分,无一不是有名学塾"S学塾"的参考解答和博客"Mystery Room"上某一考生的解答内容。因为这激起了大学校方的过度对抗意识,于是出手"消灭其他解答"。

社交软件上,这一引发众怒的"谢罪文"实属火上浇油。大家纷纷评论说"愚蠢之极""把考生当傻子吗""怕是对'误导'这一技巧有所误解吧,你这是失误""事到如今才来修正,公布前就不检查一下吗"。

为什么会发生……如此恐怖的"失误"呢?

在采访K大学G教授时,他说这次的"找犯人"考试,其实是由系主任和某一位教授擅自决定的。

"K教授(假名)趁新冠期间我们无法前往学校之际,

说服系主任做出这一决定。我们为了击破 K 教授的防线，曾试着向系主任交涉，不过为时已晚，事态已经一发不可收拾。"

除了 G 教授之外，在其他几名教授家中，都找到了安装过信号干扰仪的痕迹。不知这是否与 K 教授有关。"信号正常的话，那时我就会发言阻止这一事件的发生。"G 教授说。

"系主任他不懂推理小说，考题应该是 K 教授一个人出的。K 教授深爱推理，不过他并不擅长写推理。他上课也经常跑题，在考题中也有失误，留下了好几处纰漏。而系主任也没有帮他把好关，由于处于新冠这一特殊时期，谁也没有认真检查一下考题。让 K 教授独自一人出题，这才是本次不幸事件的根源所在。"

● K 大学官网三月三日上午十时刊登的谢罪文

昨天（三月二日），本校○○系教授木崎乔次郎未经系主任同意，擅自刊登题为"谢罪文"的文章，对参加本校入学考试的考生和其他相关人员进行言语上的挑衅，在此深表歉意。

今天决定给予木崎乔次郎免职处理。

为了不影响教学和科研，为了不给本年度和今后的考生造成不安，我们大学全体教职员工将团结一心，致力于指导和支援。

此外，木崎乔次郎在社交软件"嘟特"上用账号@queendom260继续发布挑衅性的言论。

关于这一点，虽说是教职员工的私事，但对于因此造成的困扰，我们深表歉意。

K大学○○系主任（新任）
天城诚二

● 博客"Mystery Room"

三月十四日（星期日）

太棒了！

这么突然，很不好意思，不过，我真的太开心了！我考上K大学了！而且还被选为优秀解答，将会获得奖学金！

当看到S学塾的解答和大学公布的解答，以及热爆网络的"谢罪文"时，我深感绝望，胸口堵得发慌……（S学塾的解答在粉丝中好像很受肯定，不过最近在电视上都看不到山冈老师了。）

好吧，结果胜过一切！

我要去好好庆祝一下，今晚就放开吃一顿烤肉吧！

近期将重新逛逛旧书店，写点感想！

（中略）

四月二日（星期五）

今天实在太开心了！

入学教育之后，下午是社团的面试。以前的面试时间会更长，但现在仍处于新冠期间，房间里只有两位学长。我只回答了一些简单的问题，在登记卡上写下自我介绍，然后学长直接拿出书递过来说：

"是这三本吧，你想要的。"

我大吃一惊。这些书，就是我在十二月的时候提到过的，手头所缺的奎因的那三本书——创元推理文库版的《恶魔的报酬》《红桃4》《龙牙》！而且是我想要的重版，品相也很不错，我惊喜得快要飞起来了。

"我是你博客的粉丝。你之前不是说了考上K大学了嘛，我觉得你一定会加入我们社团的，所以就提前准备好了。"

我既感激又惊讶。因为博客，我被盯上了呀。哇，这怎么感觉有点害羞，又有点开心呢。啊，现在写的这些，他们也都可以看到呢！

学长邀请我说："今天这么难得，就不要在这活动室，不如去附近的咖啡馆聊聊吧！"我在那儿吃到了很好吃的蛋糕。真好呀，大学生，看来很有意思。

四月九日（星期五）

哎呀，真是吃惊啊。

我所属的社团，竟然不是推理研究会。

好像是学长搞错了面试的房间，其实应该是在隔壁，而我也搞错了，阴差阳错去了那里。

其实嘛，重新加入推理研究会就可以了，不过和学长聊得很投机，推理小说嘛，反正一个人看也无妨，所以就不退出了。哎呀呀，该怎么办才好呢。

学长所在的社团名称好像叫作"无限大"。和推理研究会不同，这个社团好像会写东西出书，这也挺有意思的。学长们很好说话，都挺温和的，不过有时候又有点怪怪的。刚才走进活动室之前，听到有两人在说"很容易被骗""初期投资是三本旧书""雏鸟效应""最初见到的学长很厉害""洗脑很轻松"等等。那两人都不是推理研究会的，但都喜欢推理，说的应该是推理小说的事吧！

有谁知道书名吗？

四月十六日（星期五）

看了九日内容的回复，大家真的太过分了。

为什么要说学长的坏话呢？这么好的学长怎么可能欺骗我呢？

还有，多亏了学长，我才有了一些醒悟。有时我甚至会想："能遇上如此好玩的推理，这还得感谢 K 大学的入学考试！"但是静下心来想想，又不是这样的。如果我不着迷于推理，那么我就有可能去上其他大学。我在网上看到《虎之卷》后，不由得感慨 S 学塾的现代文山冈老师，为了编出此书，真是费尽心血啊！我想他在短时间内所读的推理小说的数量，肯定令人难以置信。尽管他执着于技巧，在手法上我也无法理解。不过他也是被这次考试给耍了，说起来也是"受害者"。被花言巧语欺骗的前系主任和田，从某种意义上说也是如此。

这么说来，谁也没有获得"幸福"啊。

木崎才是大恶人。

那些大学教授的脑回路很奇怪，他们才是最可恶的。

四月二十三日（星期五）

不要这样！为什么呀？！为什么大家要说学长们的坏话呢？当我看到"谁都不'幸福'，那就说明'无限大'的那帮家伙获得了渔翁之利"的评论时，气不打一处来。怎么可能会这样！新冠暴发后，学长们对大学的现状一直都很不满，他们在煎熬中奋斗不止。我讨厌大家在背后说学长们的坏话。

好久没提推理小说了，原本今天想写的，算了，还是不写了。

五月二十五日（星期二）

听说只是让教授们来评价我们，这谁受得了啊！

我们也应该评价教授们，并对他们进行分级。

这样就不会出现像木崎这样的坏人了。

我们这个秘密社团"无限大"的理念是实现大学的学生自治，我们要替天行道。

● 编辑后记

那天之后，博客"Mystery Room"不再更新。

套娃之夜

是的,一位不速之客,不邀自来。

不知来自何方,他悄然而至,冒着暴风雪。

这多么富有戏剧性啊!

我是谁?你,不会知晓。

我从何而来,你,也不会知晓。

——阿加莎·克里斯蒂《捕鼠器》(鸣海四郎译 早川·克里斯蒂文库)

长夜漫漫未至央。

*

小说家感到十分苦恼。

他戴着口罩，喘着粗气，呼出的气息模糊了黑框眼镜。因刚入秋，所以他一时疏忽大意，忘了用眼镜防雾剂。从去年年初开始，新冠病毒肆虐人间，于是连这样的小事也令人烦恼不已。

小说家咂了一下嘴。

无论如何都得亲眼确认一下，那家伙不知是出于什么考虑，竟然提出那样的方案来？

小说家认为有时候就得不择手段。

小说家用手推门。

*

书房的门打开了。

书房里侧是作家工作所用的大书桌，书桌后面摆着保险柜和书架。

保险柜前面站着一个男人。

那是一个年轻的男人，他鼻梁高挺，身形苗条。

男人转头看门，慢悠悠地，像极了爬虫的动作。

推门进来的男人头发灰白，一副绅士派头。他身材魁梧，穿着考究，给人一种清爽整洁的感觉。但他双手却拎着塑料袋，浑身散发出"家庭妇男"的气息，这看起来和他的仪态很不相称。

绅士男狐疑地盯着年轻男人看，缓慢地摇了摇头。

"哎呀，被你发现了！"

他把塑料袋朝书桌上一放，然后把手伸进袋子里。

年轻男人目不转睛地盯着他手上的动作。

书房里弥漫着诡异的气氛，紧张极了，仿佛突然会从袋子里冒出一把手枪似的。

绅士男从袋子里拿出烟盒。

"都没烟了，没烟就无法集中精力写稿子啊！倒也不是我想偷懒。记得刚入行时，前辈们就告诫过我，说写作绝不能图省事。还有同样地，休息也绝不能少。"

他——作家半开玩笑地说。

而年轻男人一脸茫然，呆立在原地。

"你就是新来的编辑吧!"

作家的话像是信号一般,男人很夸张地"啪"的一下挺直了腰板,然后向作家致意。

"是,是的!我就是光源出版社新来的编辑。老师的作品,我一直都有拜读。"

"这真是太好了。这次我猜对了呢!"

作家开心地拍了拍手。

"嗯,说实话,我这个人,总记不住人的长相。有好几次,在聚会中,我对着见过的人说'初次见面',真是太尴尬了!"

"哦,这样子啊!"

男人马上看了看袋子里的东西。

"老师,我看到袋子里好像有很神奇的东西呢!这是烧杯吗?"

"嗯,是啊,这是下一部作品中会出现的道具啦!之前我曾在高中当过化学老师,就想着是否可以活用一下这方面的知识呢。这次我打算用'青玉'二字,取名为《青玉庄杀人事件》。"

"囉,真有意思,请一定把这故事……"

话还没说完,作家便打断说:

"你为什么还穿着外套呀?这样多难受啊!对了,挂衣架就在那墙边。"

挂衣架上挂着一条卷成圆环形的黑色皮带，应该是备用的，不过它的存在总让人觉得有点格格不入。

男人挂好外套后，把手伸进上衣胸前的口袋里。

"不好意思！我忘记带名片夹了，老师，真是太失礼了。"

"不会，不会，没事的。我现在心情很好，就这点事不会影响到我呢。嗯，等下次送样稿来的时候，带上一张就行啦！我不会整理名片，这活都是我妻子帮我打理的。"

"啊，您夫人呀！您和夫人的恩爱故事，总是出现在您的随笔中，我特别爱看。我记得夫人之前是在珠宝店上班的吧！"

作家拍了两下男人的肩膀。

"你这小伙子真不错！之前有几位编辑说看过我的小说，不过很少人会谈到随笔。"

"哦，啊，这个嘛！"男人摇了摇头说，"还……还有，小说我当然也有拜读。比如说今年的《必然之名的缺失》这部小说，构思新颖独特，惊奇连连。还有《黄玉庄（TOPAZU）杀人事件》，与您迄今为止的风格迥然不同，采用的是经典推理中的常见手法，这是老师您特意为之的吧。"

"好啦好啦，不必这么着急解释嘛！我并没有讽刺你的意思呀！"

作家坐到自己的椅子上,仔细地打量着眼前的年轻人。从头到脚,认真审视。男人似乎扛不住这无言的压力,身子开始不安地躁动起来。

"那个,我……"

"如果,"作家用力地说道,"只是如果哈,我把自己最好的构思提供给你们出版社,你觉得怎样?"

"啊……"

男人僵住了。

"这当然,嗯,非常棒……不过……真的可以吗?"

"什么?"作家皱了皱眉说,"你竟然怀疑我吗?你是在担心我会附加各种条件,会提出一些不合理的要求吧!"

"不,不是,我哪敢!"

作家摆了摆手。

"要是真心喜欢我作品的话,那么就应当立刻回答'好的'。看来你这人成不了大器,真是可惜啊。"

"啊?!"

"还有,你刚才把我的作品名读错了。'黄玉'的确可以读作'TOPAZU',但是我的作品中要用音读,读作'KOGYOKU'。"

"啊!喂!"

男人突然把身子探到书桌上,并大声喊道,好像是为了盖过作家的声音。

男人和作家的脸迅速靠近了,看上去就像是视觉错觉画《鲁宾之壶》中的剪影一般。

"我为我的失礼向您道歉。我承认我缺乏决断力……还请再给我一次机会。"

作家的神情依然十分严峻。

"你发誓愿意为我做任何事吗?"

"不管什么事,您只管吩咐就是,我一定做到。"

作家沉默了几秒钟后说:

"好!"

作家站起来,开始在书房里走动。

"这其实倒也不是什么难事,只是想让你陪我验证一下那个最好的构思而已。"

"测试和验证,对吧?乐意效劳。那么,请问是什么事呢?"

作家使劲地摇了摇头。

"不是这样的,是你和我一起推演构思的过程,来验证它是否存在矛盾的地方。"

男人有些丈二和尚摸不着头脑。

"是……推演吗?"

"没错!"

作家朝着男人说：

"我创作的秘诀就在于重视现实性。你如果读过我的随笔，就一定能明白吧！"

"明白。'边说边思考'。遇到阻碍了，与其行动，不如先开口试试，这是老师您的名言吧。在您谈创作方法的文章中，我曾读到过。还有，您也曾经做过诡计的实验吧，那真是太令人感动了。这令我想起了奥斯汀·弗里曼，他为了验证意想不到的凶器的可能性，竟然在自家地下室的墙壁上凿了个洞……"

作家清了清嗓子。

"真不好意思。"

"看起来你对推理是真爱啊！所以我才让你陪我一起验证的。其实嘛，这次的诡计算不上有多么精彩。也就是按我写的剧情，从心理角度看看是否有不自然的或者矛盾的地方，无非就是帮我检查一下这些地方而已。"

"光是听听，就让人激动啊！"

"完成了的话，它就是我的第四十一部作品。推理故事只发生在一个房间里，所以就取名《第四十一号密室》。"

作家摊开双手说道：

"舞台就是现在我们身处的这个房间，出场人物只有作家和编辑两人。"

"听起来真好玩。这设定就像是那部电影——《足迹》,密闭的空间,两个人的推理故事。"

作家点了点头。

"那部电影的主角是作家和理发师吧!对,故事的设定必须做到极致,这样才能衬托出意外性来。那么你想扮演谁?站在谁的立场来思考问题呢?"

"嗯……作家也很有魅力……不过不行啊,我不想勉强自己,还是让我来扮演编辑吧!"

"好的,那就这么定了。最初的设定是这样的。"作家探出身子,轻声说道,"你,想要杀了我。"

他睁大了眼。

"好突然啊!动机是什么?"

在房间里走来走去的作家,重新坐回椅子。他后背靠在椅子上,悠悠地讲了起来。

"动机就是刚才提到的《第四十一号密室》原稿啊!这既是作品名,同时又是文中作家创作的作品的题目。

"我——当然指的是文中的'作家'——完成了《第四十一号密室》,然后要交给你。"

"真是太荣幸了!"

年轻男人已经完全融入文中编辑的角色里了。

"但是这事突然有了变化。"

"为什么呀？"

男人逼问道。

而作家也毫不退缩。

作家立刻压低嗓门，冷冷地答道：

"因为你惹怒我了。"

"哎？"

他惊讶万分。看着目瞪口呆的他，作家不禁笑了出来。

"喂，这只是小说里的事而已啦！"

"啊，啊啊，是的呢！明白了。"

"啊呀呀，你这表现，接下来真令我担忧啊！总之，因为你在这房间里惹怒了我，所以就拿不到稿件，小说就是从这里开始的。当然你会感到十分为难，因为我的稿件会大大影响到出版社的销售额。本来做我的编辑是能够出人头地的，而如今看来是要竹篮打水一场空了。不仅如此，如果我和其他出版社打声招呼的话，还会影响到你重新找工作。"

"那该怎么办呢？啊，我肚子好痛。"

男人按压着肚子，脸色铁青。

"这让我无法置身事外，老师！就算是虚构的故事，我也无法忍受！恳请您消消怒火。"

"好啦，你冷静下来！好好想一想。好在除了你之外，出版社里没有其他人知道我不愿交稿一事。在我发火打电话给出版社之前，或者在网上发牢骚之前，这事只有你知我知而已。"

他的喉结缓慢地上下滑动着。

"也就是说，只有趁现在，是这意思吧！"

"没错。说让你杀了我自己，这听起来虽然有些怪怪的，不过现在你只有杀了我才行。"

"但是我该怎么做呢？我又没有做好准备，突发的犯罪一定会留下证据的。"

作家竖起手指对男人说：

"这是最关键的地方。你，突然要杀人，但是又不能失去冷静。现在，你只能使用房间里的东西，完成即兴的完全犯罪，只能使用读者看得到的东西。故事始于密室，终于密室，这才是这部作品成为完全密室推理的原因所在呀！"

"原来如此。"

男人涨红了脸，开始在房间里走来走去。

于是作家马上站起来，靠近男人。

"老师的构思我明白了，这是在密室里进行的一场两人心理拉锯战。这样的话，我的首要任务就是在不被老师发现的前提下获得凶器。"

"没错。"

"还是刀具比较好吧！但是离厨房又有点远。要不被老师发现这有点难度呀！看来必须得找个借口才行。"

"嗯。"

"说起来老师房间里都是书，很少有其他东西。连保险柜旁边都堆着书——《心脏和左手》《妖盗S79号》《红色右手》《出租船13号》《华丽的诱拐》《拨打转盘数字7时》……书架上新书和旧书混在一起，摆放得十分随意。而且，只有《红色右手》的作者J. T. 罗杰斯是外国作家，难道是为了写某本书而准备的资料吗？"

"好吧，这些都无所谓啦！凶器该怎么办呢？"

"啊，是呀。我想说的是老师房间里只有书，找不到可以用来打人的钝器。啊，那个奖杯可以吗？"

"那是文学奖的奖杯呢！你竟然打它的主意，真是罪过呀！但是正如你所看到的那样，我很珍惜它，所以用玻璃盒子罩起来，是无法轻易拿到的。"

"那么绞杀怎样？不过我穿着T恤，没有打领带呀。皮带？算了，或许可以在柜子里找找。"

他走向衣柜，但作家马上跳出来拦在前面，挡住他的去路。

"不，等等，你说的是那个衣柜吧！"

"是呀，悄悄地从里面偷出领带、皮带等，藏在怀里。"

"这主意不错,但是你看,柜子前面,就像看到的那样,有一个纸箱。里面装满了矿泉水瓶,看起来很重,很难搬得动。"

男人像演哑剧一样比画着动作,试着推了推纸箱,但是沉重的纸箱纹丝不动。

"真的很重呀!而且这柜门是朝外开的。不搬走箱子,柜门就无法打开。这样磨磨蹭蹭的,怎么能不引起老师的注意呢!"

"嗯……"

作家摸了摸下巴,然后坐回椅子。

"最重要的是,你得在讨好我的同时趁我不备下手。这样就需要借口来转移我的视线。"

他似乎听懂了,使劲地点了点头。然后大步流星地走向厨房,厨房是开放式的,和作家身处的客厅连在一起。

"厨房的电灯……在这里呢!"

他毫不犹豫地按下电灯开关。

"我想喝点水,能接一杯给我吗?"

"好的……请用。"

他把装着水的玻璃杯端到桌子上,接着又返回厨房。由于是开放式厨房,站在里面,隔着柜台仍可以看见作家。

柜台上放着一个水果篮,他拿出一个苹果举了起来。

"老师,我记得你喜欢吃苹果吧!我在你的随笔中曾经读到过。心情不好的时候，夫人就会削苹果给你吃。你小时候就很喜欢，感冒的时候经常吃，总之身体、心情不好的时候就很喜欢吃。"

作家"啪"地拍了拍手。

"就是它，苹果！你为了讨好我削苹果给我吃。要削苹果，手上自然就会拿着水果刀。问题就是在前面的情节中如何布下苹果这一伏笔……"

作家马上想到文章构思的问题。

"这到老师展示实力的时候了。"

"不，这得由你来才行。"

"什么？"

"苹果啊，你削皮试试。"

他把苹果放到柜台上，然后消失于柜台下面。

"水果刀，水果刀，嗯，在哪里呢……"

等到男人消失后，作家马上起身，打开房间里侧书架的抽屉。

他从抽屉中拿出手枪，放到外套的内袋里。似乎为了确认手枪的存在，他隔着外套摸了摸手枪的所在，满意地微微一笑，接着若无其事地坐回椅子，对着柜台方向说：

"刀具放在下面的碗柜里，刀柄是红色的。"

"红色的刀柄……是这把吧！"

他重新出现在柜台边,手上握着一把水果刀。

他紧握着水果刀,这看起来十分危险。他眯缝着眼,交替着看了看自己手中的刀和苹果,这动作像极了在演哑剧的喜剧演员。他一把抓起柜台上的苹果,拿起水果刀正要削苹果时,突然听到作家制止道:

"啊,不要,不要这样!快停下来。这样会削到手指的。"

"好吧,水果,其实之前我只削过玫瑰露葡萄的皮。"

"那种葡萄用手剥不就行了吗?根本算不上削皮。"

"不管怎样,这样一来……"

他把水果刀放到外套内袋里,并用手"啪"地拍了一下外面。

"获得凶器。"

然后他把一个苹果放在盘子里,端到作家的桌子上。

他就像是宾馆的服务员,很有礼貌地致意。

"老师,恳请您消消怒火。"

"这是什么?"

"苹果。"

"这还用你告诉我!"

"请尽情享用。"

作家有些讶异,但还是啃起了苹果。

他满脸笑容地点点头。

"老师您牙口不错呢！"

"你可别把我当作老年人。如果你会削皮的话，我就不用这么费事了！你得学会自己做饭。"

"我尽量。"

作家用手帕擦了擦手，然后双手一摊。

"那么，接下来该怎么办呢？"

"怎么办？"

"你已经成功讨好我了，现在不用担心马上就会被赶出这个房间。你可以一边和我聊天，一边思考杀死我的计划和时机了。下一步是什么呢？"

"找准时机杀了老师。"

"没错，不过你得考虑其他的事呀！"

"其他的事？"

作家点了点头。

"你杀我的理由是什么呢？"

他指了指作家。

"是老师的《第四十一号密室》原稿。"

"是的，你杀了我，也就是说这份原稿将成为我的遗稿。许多出版社虎视眈眈的原稿就会落入你的手中。死无对证，只要你咬定是'受我之托'，就有可能付梓出版。"

"原稿在哪里呢？老师一直都是手写稿吧！关于这点

我在您的随笔中也读到过。"

"是的,原稿是没办法依靠数据恢复的,它是真正意义上唯一的稿件。而那叠稿纸……"

作家起身,走到书桌后面黑色保险柜旁,那是一个三十厘米见方的不锈钢保险柜。

作家"咚咚咚"地敲了敲保险柜门。

"就放在这里面。锁是转盘式的,不知道密码就无法打开。"

"那我就只能威胁老师说出来了。"

男人从怀里拿出水果刀,刺向作家。

作家有些不悦地摇了摇头,冷冷地用手拨开。

"这样可不行。这样做的话,我为了赌气,是绝不会告诉你密码的呀!"

"但是那转盘锁的密码,您不告诉我,我怎么会知道呢?"

"真的是这样吗?"

作家轻蔑地笑道。

"最近我很健忘,这让我很不安。转盘的数字很多,一直到 99 呢。先要左旋,找准数字,然后右旋……就这样一直找下去。我很担心自己会忘了,所以就写了下来。"

"写下来了吗?左……右……"

男人紧盯着保险柜，只见保险柜旁边放着六本书。

男人突然"啊"的一声反应了过来。

"我明白了。那些书的摆放很有玄机啊！其实那就是密码。"

男人飞奔向保险柜，回头对作家说：

"可以验证一下吗？"

"可以呀！有了想法，尽管试就是，这是理所当然的事情！"

作家轻轻地在屋内走动，同时以教训的口吻说道：

"嗯，本来的情节应该就是你看到书架，注意到密码的所在，无情地杀了我，之后再验证密码……这才是故事的经过。"

"情节是这样的没错。好，接下来就来验证吧！

"首先是《心脏和左手》和《妖盗S79号》。'左'和数字很关键，对应着转盘。也就是说，转盘左旋，对准79……好了。

"接着是《红色右手》和《出租船13号》，右旋对准13。

"最后是《华丽的诱拐》和《拨打转盘数字7时》。这里的'转盘'，可以当作忘记时的提示。而《华丽的诱拐》既不是左，也不是右，不过记得这部长篇小说的出场人物中应该有私家侦探左文字进。"

"啊，是的，这是他早期作品中我比较喜欢的一部。"
作家看着站在保险柜前的男人，两人隔着书桌相对而立。作家把手伸进外套的内口袋里。

"也就是说……向左旋，7……啊，这也太简单了吧。"

"打开了没有？打开了的话，赶紧确认一下里面的东西。"

"好的！里面……嗯，这沓应该就是原稿……哎？这是地契呀！先不管它……"

男人突然回过头来。

就在那一瞬间，作家把手枪对准了他。

男人不明白到底发生了什么，只见他脸上浮现出尴尬的笑容，仿佛在掩盖自己的过失。

"老师，你，这究竟开的是什么玩笑啊？"

"你输了，情夫！"

作家和男人之间隔着一张书桌，这是作家预先计算好的距离。就算男人发现，也无法马上扑过来。水果刀和手枪，两者的威力差距显而易见。

男人慢慢地摇了摇头，脸上依然挂着那想要掩盖过失一般的笑容。

"老师……我不明白你在说什么，这是在开什么玩笑吗？啊，这难道也是老师构思中的一环吗？假装是我要杀老师，实际上是老师要……"

男人抱着微薄的希望重复道，但作家冰冷的神情毫无变化。

"一开始我就是这么打算的，从走进这个房间……看到你的那一瞬间开始。总之，你，我是一定要杀的。不过因为你的来访，这计划提前了而已。"

"这是，为什么呢？"

"从一开始我就知道你的真面目，你是我妻子的出轨对象。刚才我叫你'情夫'，这样的叫法多少有点复古，按现在的话来说，就是'奸夫'。我妻子就喜欢年轻帅气的男人。最近她偷腥的恶习好像又犯了，我早就找人调查过你了。"

男人面部扭曲，摇了摇头。

"那……那么，你全都知道了？"

"没错。你在我妻子的怂恿下，打算杀死我。刚才打开保险柜之后，你把地契放到一边，这才是她告诉你要偷的东西吧！你杀了我，我妻子就能得到所有，然后你将成为她的新丈夫。

"但是你也有自己想要的东西。其实你也是一位年轻的推理作家，对吧？身为一位蒙面作家，世人不知你的容颜，不过你的第五部作品——那部警察推理十分畅销，并被拍成了影视剧，从那时起，你一下子开始走红……"

说话期间，作家一直把手枪对着男人，男人始终找不到时机进行反击。

"不过，最近你好像陷入了低潮期，一直写不出像样的作品来。"

"你从哪里……"

男人没意识到自己已经在无意间说漏了嘴，作家哈哈大笑。

"像我这样的人，要得到你的消息，不是轻而易举的嘛。前段时间在接受某部作品的采访时，我认识了一位很老练的私家侦探，马上就雇他对你进行了调查。你从一开始就只是个牵线木偶，根本逃不出我的手掌心。你知道吗？

"总之，当我妻子找你商量杀我的时候，你的头脑里应该就已经浮现出一个计划，就是要盗取我下一部作品的构思或者原稿吧！我妻子、原稿，你都要夺走，真可谓是一石二鸟之计。你今天估计是来踩点，或者是想要盗取保险柜中的东西吧！总之，你待在我家迟迟不走，就是这个原因吧！"

"就这样把我交给警察不就得了吗？"

"当然，我可以这么做。但是如果你俩破罐子破摔，说不定连盗窃罪都无法成立。更主要的是，我有了一个更好玩的想法。

"确实，当看到你的那一瞬间，我犹豫不知该怎么办。可是第一句话就让我下定了决心。我决定演一出即兴剧，以我作品的构思为饵，这是你万分渴望得到的东西……其实我头脑中根本就没有《第四十一号密室》这部作品的构思。这种题目，只要是读过罗伯特·阿瑟或者有栖川有栖作品的人，三秒钟之内就会发现这只是瞎扯而已。"

"气死我了……竟然是这样。"

"你在房间里犯了好几个错误。首先我作品中的'黄玉'发音为'KOGYOKU'，而你却读成了'TOPAZU'。这刚才已经指出过了，但是你为什么会读错这一点很关键。我妻子曾是珠宝店员工，她经常会把黄玉读作'TOPAZU'，想必是你经常从我妻子那里听说，所以也就读成这个音了。还有'青玉'也一样，即使我提醒过多次，她仍然读作'SAFAIA'！

"此外，作为一名新来的编辑，你说看到门开着就走了进来，这样的借口就算行得通，那么你也总该脱下外套，搭在自己的手上吧！这是作为社会人应该遵守的最起码的礼仪。穿着外套四下寻找，这便是你想要偷东西的证据。

"还有，当你走进厨房时，没有任何迟疑就打开了电灯开关，也很顺利地找到了玻璃杯，这说明你之前曾经来过这里。身为一名推理作家，你的注意力如此涣散，真是不应该啊！"

男人绝望地摇了摇头。

"即便如此，你的配合也真是天衣无缝，省去了不少麻烦，事情的进展同时也变得很顺利。

"你发现没有？你和我演的这出戏，只是虚构的推理小说中的情节而已。不过，在这房间里，有三点是确凿无疑的。第一，你胸前口袋里的水果刀沾着你的指纹。第二，你查找的那个保险柜。第三，便是这把手枪。"

"手枪，怎么可能？这里可是日本啊！一定是假的呀！"

"那要不来试试？"

男人不由得后退，背部碰到了保险柜。

男人按顺时钟慢慢移动着，而作家始终举着手枪紧紧相随。男人被自己的脚绊了一下，在书桌旁摔了个屁股蹲。

"我花了不少时间，编出了用于报警的'故事'。你这个强盗入室抢劫，我正当防卫击毙了你，这样谁都不会怀疑我吧！这里是我的家，而你是个闯入者。"

男人使劲地摇了摇头。

"不可能，你这话谁信啊！至少你妻子是不会相信的！"

"要是你活着也就罢了，你一死，那女人肯定又会选择我，她不会吱声的。她就是这种女人啊。"

"你调查过我，一定留下了证据，那位私家侦探一定会发现你的杀人动机的。"

作家嘲笑着说道：

"你觉得我会留下证据吗？请放心，我不会露出马脚的。"

男人脸色铁青。

"啊……不会吧……连那位私家侦探都……"

作家没有回答男人的问题。

作家假装用另一只手拨通了电话。

"啊……是警察吗？快点来人！我杀了一个陌生男人。我回到家发现他站在保险柜前，还拿着水果刀……我现在浑身发抖，赶紧来人，赶紧……"

作家"咯咯"地笑着。

他觉得这事真是太好玩了。

"怎样？你觉得我的演技可以骗过大家吗？"

男人哭丧着脸摇了摇头。他想从摔倒的地方爬起来，但作家制止了他。

"……这，这不对呀……我们的确在书里杀了人，但……但是实际上又没杀人……不对……这不对呀……"

男人抹了抹脸。

作家又笑了。

"啊啊,你都哭了!这么恐怖,受不了了吗?那让我来告诉你免死的方法吧!"

男人抬起头。

"唉?"

"免死的方法哦,你难道不想活吗?"

"那当然……"

男人迅速起身,几乎是下跪的姿势,他恳求般地抬头看着作家。

"好的,我什么都愿意,为了能活下去。"

"那就和我妻子分手,也不要再当什么作家,从我眼前消失吧!再也不要和我有任何瓜葛。"

男人摇摇头,面容狰狞。

"作家……也要放弃?"

"是啊,从我的世界里滚出去。"

作家哼了一声。

"这当然啰!我讨厌在书店里看到你的书,也讨厌看到你装成名家接受采访的报道。我把丑话说在前头,如果你改名重操旧业的话,我会马上揭穿你,让你在这一行混不下去。"

男人泪眼婆娑,又低下了头。

"这……这可不行。不能写书……这比死还要难受。"

作家又笑了起来。

"明明都写不出来东西了,不对吗?好吧,算了!就算再烂,你好歹也曾经是个'作家'嘛。临死之前,我承认你是个作家,这样你就可以放心地去死了,这应该就是你的遗愿吧!怎么样?别可怜兮兮的啦,昂首挺胸地去死吧!"

戏剧化的语言,傲慢的态度。

"啊……请……请原谅我。不管什么……只要能让我活着,我什么都愿意……"

"像你这样恳求我的男人,我见得多了。你能为我做什么?你拥有的只有微不足道的名誉和少得可怜的金钱,还有年轻的资本罢了。

"啊,对了!年轻这一点无论如何我都是得不到的。从第一眼看到你,我就讨厌你。你的年轻,好色的高鼻梁,这些,全部!"

作家用力地扣住了扳机。

"再见吧!"

"不要,饶了我吧!不要啊!"

男人大声尖叫着。

作家微微一笑,然后扣动了扳机。

"咔嚓——"传来金属的撞击声,作家扣了好几次扳机，连续发出同样的声音。

"砰！砰！砰！砰！"

作家像小孩一样用嘴模仿着枪声。

作家把枪扔在脚边，开始放声大笑。

男人还没回过神来，不知道究竟发生了什么。他摸了好几遍自己的身体，确认自己有没有受伤。

"你好歹也是个推理作家，竟然连这样的谎言都看不穿，手枪当然是假的喽。"

男人狠狠地瞪了瞪作家。

"……你骗我？"

事到如今，男人卸下伪装，彻底放弃了尊敬的口吻。

"欺骗，别说得这么难听嘛！你自愿上当又能怪谁。第一，如果你能再冷静些，就会发现我的计划中存在着几处纰漏。面对水果刀，用手枪反击，这属于防卫过当，是不可能逃脱罪罚的，同时还有非法持有枪支罪。还有，小偷闯进别人家中，要选择凶器，也不可能是水果刀，水果刀多难找呀！这些从道理上都说不通呀。"

作家满脸得意地微笑着。

"怎样？我的演技很高超吧，看起来像不像个真正的杀人凶手？"

男人没有回答他的问题，只是恨恨地说道：

"你……这样捉弄人……你绝对，绝对会后悔的……"

"让我后悔，你倒是试试呀！你凭什么来审判我？这只是个单纯的游戏，根本算不上威胁，你害怕玩具手枪，那是你自己的事。竟然还丢脸地哭起来，你还好意思和警察讲？亏你还是个大人……"

男人站了起来，看了看作家，眼中充满了怨恨。

"你要杀我吗？"

男人一言不发，只是盯着作家看。

"你没这能力，你充其量不过是个推理作家而已，根本成不了优秀的杀人犯。通过刚才的事，你应该切身感受到了吧？你和我比智慧，简直是不自量力。我妻子老早就千方百计地想杀了我，你以为对此我会无动于衷吗？"

"你是在吓唬我吗？"

"不信的话，要不你现在就杀了我来验证一下？"

男人咂了一下嘴。

"算了，算了，我不想再和你玩下去了。啊，真是的，彻底被算计了。你呀，比起作家来，更适合当个杀人犯呢！"

"看你这人嘴还真犟，我不想再听了。"

"那么，你究竟想要干什么？应该不是想要杀了我吧！"

作家挥了挥手，像是在赶苍蝇。

"刚才我已经说过了。和我妻子分手，从我面前消失。

181

至于你当不当作家,我才懒得管呢。"

"如果现在你放走我,到时后悔的就是你哦!"

"鬼才信呢!"

男人"啧"了一声,一把抓起挂在架子上的外套。

"再见了,老师。谢谢你邀请我一起玩这么有意思的游戏。"

男人讽刺道。

"你得把口袋里的东西留下再走,那毕竟是我家的东西啊!"

男人从口袋里掏出水果刀,扔在地板上。最后他狠狠地瞥了作家一眼,用力地摔门而出。

作家看着他离去,深深地呼出一口气。

他从怀中取出手帕,小心翼翼地捡起扔在地板上的水果刀,放在书桌上。然后用手帕认真地擦拭手枪后,放回抽屉里。

他伸手想把半开着的保险柜关上,却又作罢。

就在那时,"丁零零"突然响起了一阵警报声。

"着火了!哪里着火了?"

作家立即大喊起来。正当他要一溜烟地逃出房间时,突然停了下来,口中说道:"糟了。"他跑到柜子前,用手去推挡在柜子前面的纸箱。

"见鬼……怎么这么……重呀……"

作家额头上渗出了汗。

形势紧急，迫在眉睫。

此时，房间的门开了。

"你终于露出马脚了呢，老师！"

那个男人，就在刚才还饱受作家的戏弄，狼狈不堪。现在他高举手机，脸上露出胜利的笑容。

男人点击手机画面，响亮的火灾警报铃"啪"的一下停止了。

作家正忙着搬纸箱，大汗淋漓，见状一下子瘫倒在地。

"你这浑蛋……"

"老师，是你的样子一直都怪怪的，总觉得有什么秘密，这下我确信无疑了。"

男人走近瘫在地上的作家，用脚粗暴地踢了踢纸箱。

纸箱下面一片殷红，像泼洒了红色颜料一样。那是血迹，已经干透，呈一道圆弧形。

"不要……请住手……"

"从老师的言行举止中不难推断出里面的东西，但还是来确认一下吧！"

男人一把推开作家，打开了衣柜的门。

门朝外打开，有什么东西倒了下来。

那东西背朝外倒下，竟是一位黑色长发的女人。

她已经无法动弹。

"老师，你杀了自己的妻子吧！"

"我就觉得奇怪，你搞这么多事来陷害我，结果却又这么爽快地放了我。还说谁也不会相信我，说得跟真的一样，但事情的真相又有谁知道呢！你完全暴露了自己的本性，又怎会轻易地放过我呢？

"没想到你说的竟然是真的。到了明天，估计没有一个人会相信我。我已经被你逼到了悬崖边……"

作家茫然若失。男人得势不饶人，滔滔不绝地说着，攻守已经交换，他面露喜色。

"你刚才说，'在这房间里，有三点是确凿无疑的'。这也许是真的，的确有三样确凿无疑的东西！

"第一样是沾满了我指纹的这把水果刀。第二样是留下翻找痕迹的保险柜。还有第三样——你的手枪其实是假的，真正的第三样在这里。是的，那就是你妻子的尸体，这才是第三样真实的东西。

"你不需要讲事情的发生经过，只要把这三样东西交给警察。这样一来你就能顺利嫁祸于我这个情夫，这就是你的计谋。"

作家的妻子一动不动地躺在地板上，后脑勺沾着血迹一样的东西，染红了侧腰部的衣服。

作家摸着额头深深地叹了口气。

"你什么时候发现的？"

作家的话等于不打自招。

男人嘴角含笑，开始了演讲。

"水果刀让我由怀疑变成了确信。《第四十一号密室》的设定原本就有漏洞，尤其是凶器的选择很不自然。当我用你随笔中的话引出苹果的话题时，你说'手上自然就会拿着水果刀'。为什么不是菜刀呢？作为杀人凶器，菜刀不是更实用吗？你要把我当作强盗加以杀害，即使听了这样的说明，我仍然无法释怀。如果真要杀我的话，等我死后，让我手里握着水果刀不就行了？刚才我很慌乱没有反应过来，也就是说你一开始就没打算要杀我。

"那么，你的目的是什么呢？我在意的是这个，也就是你拿着的手枪……这很奇怪，就算能吓唬人，可一旦动起真格来，占上风的可是年轻力壮的我呀！尽管如此，你还是拿着假手枪，而我拿的可是真的凶器，这有可能吗？不，你这样做是有自己的意图的，你情愿冒险也要让我手拿水果刀的意图。

"现在答案已经水落石出，你轻率的一句话出卖了你。"

"啊……你注意到了呀！"

"是呀！你太着急了，你对我说把水果刀放在这里。老师，这样说可不行啊。"

男人喜形于色。

"一把水果刀，在我俩的争执面前，原本是微不足道的。但是你说把它放在这里，说明它对你的计划而言是必不可少的。你要在它上面涂上血迹，这样便能成功嫁祸于我。"

男人得意地笑。

"让我把水果刀拿在手里之前，你就犯了错，就是在讨论《第四十一号密室》的凶器的时候。当我提到绞杀要打开柜子的时候，你很不自然地拦住了我。后来想想这也很正常，因为你绝对不能让我发现尸体。当时的你，为了不让我打开柜子，千方百计地把我引向厨房。根据你的这个行为，对于藏尸之地，我已心中有数，于是我便利用了刚才的火灾警报器。万一整栋房子都被烧毁，只留下夫人尸骸的话，根据位置就可以判断出柜子的所在，由此几乎就可以断定她不是正常死亡，所以你急着要把尸体搬出来。"

男人拿起放在书桌上的塑料袋，就像魔术师向观众展示道具一样高高举起。

"这里面也有线索能够知道你要干什么。"

男人把塑料袋放回桌子，打开袋子重新归置了一番，这下里面有什么东西便一目了然了。

"哎哟，哈哈，真让人吃惊啊。柴刀，还有大菜刀。这是打算肢解夫人尸体用的吗？还有烧瓶和烧杯、量杯等，你是打算做化学实验吗？这么说来，你以前是一名高中化学老师，是打算制作什么酸吗？"

"之前在学校里为了做实验，买了硫黄和作为催化剂的金属，忘了什么原因了，我拿了点回家。一时的冲动吧！没想到竟然真有用上的一天。只是缺少计量类的东西，于是外出采买。"

男人哈哈大笑，"啪啪"用力拍手的声音响彻整个房间。

"你简直是个天才！硫黄变硫酸，没想到你是真的要做啊！

"你打算肢解夫人的尸体后，再溶解处理。就这样匆匆忙忙地出去买这些东西，也是够冲动的呀！你出去买东西，回到家后，意外发现我在房间里。

"看到我你一定方寸大乱吧！如果相信你刚才所说的话，你曾让私家侦探调查过我，那么就一定知道我是谁。但你最在意的其实是'我是否已经发现了柜子中的尸体'。

"细想起来，你劝我拿起水果刀，然后用手枪威胁我，让我害怕……搞这么多事，原本这些都没什么必要。其实你在看到我的瞬间，只要高喊'抓小偷'，把我吓跑，然后报警就可以了。因为能够包庇奸夫的夫人，已经不在这个世上了。怎么看警察都会觉得我是犯人呀！

"但是你却不会这么做，因为你迫不及待地想要知道我是否已经看到了尸体。你必须通过谈话来明确自己当前的处境。于是我俩分别扮演'被追稿的作家'和'新来的编辑'，互相试探对方……

"你根据我的反应和言行举止断定我还没发现尸体，因此你改变了这出戏的目的。在我俩角色扮演的过程中，你要把我变成犯人。你的创作技巧不就是'边说边思考'嘛！无疑你就是这么做的。水果刀上的指纹、搜查保险柜时留下的痕迹，还有假手枪——这三样可以揭示真相的东西，正是创作技巧的实践。随着事态的发展，你不断思考，想出办法，就像是你小说中的情节一样。"

男人一副得意扬扬的神情，满面笑容地快速说着。

"没想到……竟然被你这家伙逼到这地步……"

作家浑身颤抖，紧握拳头，不堪屈辱。

男人放声大笑，好像是在模仿作家的笑声，这应该是无意的吧！如果是有意的话，那他的演技也太好了！

"你也就只有这点想象力，竟然被自己瞧不起的年轻作家识破计谋。你的构思，在我看来也就平平无奇而已。"

"你真搞笑！"

"你就别再逞强了！"

男人从书桌上抓起水果刀，用手帕擦去刀柄上的指纹，然后扔到了地板上。

"接下来你该怎么办，老师？"

男人的声音又回到刚才所扮演的"编辑"。

"什么怎么办？"

"我根本就不想成为你的替罪羊，不过我们可以做个交易。"

"交易？"

"你好好想想。我知道你的秘密，也就是你杀死夫人这一事实。接下来你很可能要肢解尸体，要做完美的善后处理。如果我不闭嘴，你自身的安全就无法得到保障。"

"这种事……报警就好了嘛！"

男人嘲笑道。

"事到如今还要报警？夫人都死了这么久了，你该怎么说明呢？"

作家陷入了沉默。

"哈哈，这样可不行哦，老师，你什么都不说。边说边思考不正是你的风格吗？"

这是男人真正的胜利宣言。

作家咂了一下嘴。

"你还是承认了吧!"

作家单手遮眼,但并没有沉默不语。

"我并不想杀她。只是两人吵起来,她拿出水果刀,又在推搡之中倒地,一动不动。当我抱起她时,发现她的肚子上已经插着水果刀了。所以是她自己手上拿着的水果刀,倒地时不小心刺进了自己的肚子。我紧紧抱住她,抚摸她的头,希望她能没事,但是,她已经全无反应。"

"就这样,夫人她死了。"

作家万念俱灰般地摇了摇头。

"你想得到什么呢?"

"对哦,要么金钱,要么藏在保险柜里的新作品。"

"噢,看来你的目标还是原稿啊!听说你现在是真的写不出好东西来呢!"

"闭嘴!关你屁事!现在你只能按我的吩咐去做。"

作家脸色一变,慢慢地低下了头。他垂头丧气地瘫坐在地板上,根本看不出他曾是个自信满满的作家。

"没办法,好吧。"

这时作家突然停住了。

作家看向尸体。

数秒间整个世界都仿佛停止了转动,陷入沉寂。

"哈哈，哈哈哈。"

作家放声大笑。

刚才逼问男人时，也是这样高兴地笑。

"怎么了？老师，你是疯了吗？"

男人问道，声音中带着不安。

作家慢慢地站了起来，掸了掸膝盖。

"你这浑蛋真是个大恶棍啊！"

"别啰唆！赶紧把原稿和钱……"

"不，我才不会给你。你的魔法已经失效，我不会上骗子的当的！"

作家指着男人说道：

"我妻子，是被你这浑蛋杀死的。"

"你说什么？"

男人两手一摊，摇了摇头说：

"你无视自己的所作所为，竟还敢口出狂言？她，就是你杀的。"

"是，我的确杀了她。一直想杀死她来着。但事实不是这样的。"

作家指着躺在脚边的妻子说：

"我看到尸体时就注意到了。你看，她后脑勺留着暗红色的血迹,这应该是撞击后留下的。伤口很深,流了不少血,但这不是和我打斗中造成的伤。她拿着水果刀,和我发生争执,倒地之后,我抱起她。为了确认她是否活着,我摸过她的头,那时她的后脑勺根本就没有这样的伤口。

"那这又是怎么回事呢?简单来说,那时她还没死,是有另外的人在我之后打死了她。啊,我太过慌张,竟然没发现妻子其实还没死,这是我的疏忽!"

男人哼了一声。

"什么狗屁道理。后脑勺的伤,也只是你的一面之词,谁信呀?"

"好吧!那我拿确凿的证据给你看。"

作家得意地笑着。

他来到柜子前,用脚指了指地面。

"当看到血迹后,我就确信无疑了。这血迹是我把尸体搬到柜子里的时候留下的。我一开始想把它擦去,但最终还是选择用纸箱把它遮起来。你搬开纸箱,就会发现血迹。

"血迹已干,即使像这样用脚去擦,你看,也是擦不掉的。但是这干的血迹却呈现出了奇特的形状。"

作家在空中画了一把扇子的模样。

"像这样,留下了扇形的痕迹。也就是说,在血迹干透之前,有人打开过柜子。因为柜子门是朝外开的,所以就留下了这样的痕迹。

"那么,是谁打开了柜子呢?柜子前面摆着一个很重的纸箱,从里面是打不开的。而且妻子腹部受伤,身体虚弱,她自己是不可能打开的。所以柜子是从外面打开的。那么,在我回家之前,谁在房间里呢?"

作家再次指了指男人。

"就是你!"

男人眉头紧锁,喉结缓慢地上下滑动着。

"你是说是我杀的吗?"

"除了你还能是谁!你原本应我妻子之约而来,当你进入房间后,听到从柜子里传来她的声音。也许她是在喊救命吧!于是你搬开纸箱,打开门,放出了她。我妻子哀叹着对你说,我差点要了她的命……对我的怨恨……也许还想着要私奔吧……"

作家突然提高了嗓门。

"但是,那时你的脑袋里有一个恶魔对你说:好好利用现在的局面,就能嫁祸于我。从某种意义上来说,你也觉得她很碍事对吧!不仅可以让她消失,还能嫁祸于我,真可谓是一石二鸟之计。你无法抵抗这样的诱惑,于是就打死了她。虽然不知道凶器是什么,是不是真的用我的奖杯了呀?妻子后脑勺受到重击,这次是真的死了。然后你把妻子塞回柜子里，把纸箱放回原处。

"你做了这些之后，原本是可以从这里逃出去的。但是你并没有这么做，你真是太贪心了，你在等我回家。不用说是为了恐吓我，你想威胁我，要把我的金钱、原稿、构思占为己有。一石二鸟还不满足，还想一石三鸟啊！

"不过，当你还在想该如何摊开来说的时候，我却抢先了一步。苦思冥想的作家和陪伴着他的年轻编辑。对于突然提出的'设定'，你愿意奉陪。因为你觉得，按此'设定'，有可能直接得到自己想要的构思，这是其一；还有，你发现在故事推演的过程中，也许能够更加顺利地'揭露'我杀人的事实。你需要站在'审判者'的立场，就像故事中的名侦探那样。"

"现在的你才像名侦探呢！这样喋喋不休，你不会累吗？"

"你给我闭嘴！你这个肮脏的、贪婪的骗子！"
作家愤怒至极，口水横飞。
男人耸了耸肩。

"你已经知道柜子里藏着尸体，当然也知道了事情的真相。但是你毕竟只是在扮演'编辑'这个角色，所以你必须还要从逻辑上进行推理。你是真够努力的，都吓到我了！你假装讨论凶器，试图靠近柜子。当时我拦住你的去路，你把它当作刚才推理的证据，但这动作原本就不太正常。说是要找用于绞杀的凶器，难道不是应该先考虑塑料绳或者挂在衣架上的皮带吗？一般是不会突发奇想地要打开柜子的。在此你布下了引诱我的'伏笔'。

"还有那火灾报警铃音，也是不敢恭维，你模仿的是福尔摩斯吧！这的确是喜欢经典推理的你的惯用伎俩。"

"你把事情搞得这么复杂，就是为了陷害我？你这想象力真够丰富的呀！真不愧是推理小说名家。"

"的确有些烦琐，但是收获很大。如果我没有仔细观察尸体，发现血迹的话，估计就会同意和你做交易了呢！"

男人摇了摇头。

"那接下来你该怎么办呢？事到如今，我和你的关系又回到了原点。你是入室抢劫的强盗，而我则是这里的主人。谁是疑犯，一目了然。我妻子就是你杀的。"

男人慌忙插嘴道：

"但是，用水果刀伤人的是……"

"这谁信啊？你自己都清楚这一点吧！目前的情况明显对你不利。交易失败就意味着你已经输了。事到如今，我也不需要你帮我处理尸体，就等着把你交给警察，听候审判了。"

男人笑了出来。

"真是强词夺理，你的推理实在是太牵强了。也许是你刺杀时碰巧伤到了她的后脑勺呀。这种事……"

男人说到这儿，突然抬起了头。

"我说，你听到什么声音没有？"

"事已至此，你还在拖延时间？真丢脸。"

"不，不是这样的，声音是……尸体发出的！"

男人和作家迅速看向地板。

"唔……嗯……"

两人都惊呆了，她——作家的妻子——呻吟着。

"怎……怎么可能？"

"是还没死吗？"

但不可能啊！刺向肚子的那一刀，还有男人造成的后脑勺的伤，这两处伤足以致命，却仍然没死，怎么可能？

作家妻子慢慢起身，眼神呆滞地环视了一下四周，眼睛无法聚焦，好像是刚醒过来一样。

她一脸痛苦地捂着肚子，衣服已被鲜血染红。

"哈哈，哈哈哈，好吧，就让她来决定吧！"

作家似乎脑子有点不正常，他笑着说。

"你说什么？"

"她的确知道事情的真相，到底是谁杀了她自己，当场指认的话，凶手就会水落石出。你和我，一直骗来骗去没有结果，就让受害者来裁定吧，这肯定不会有错的。"

"这……"

男人有些困惑地看了看她。

不知道她是否能明白作家所说的话，只见她迷茫地盯着作家。

"好吧！你来告诉我们，到底是谁杀了你？"

两位杀人犯在问被害者事实的真相。

对于这种破天荒的情形，两人只是呆呆地等着她的回复。

只见她慢慢地抬起胳膊，手腕上好像戴着手表一样的东西。

接着……

灯光暗了下来。

*

在剧场亮灯之前，小说家愤而起身，离开了剧场。

小说家的眼镜蒙上了一层雾，他咂着嘴摘下眼镜。口罩中呼吸急促，他也真想一把摘下口罩，不过现在的时势不允许这么做。刚才看到演员们都没有戴口罩，他总觉得有些不祥。

他来到剧场大厅，演职员们为了准备三天后的正式公演来回忙碌着。耳边传来他们的窃窃私语：听说紧急事态宣言预计还得延长，那帮人说"预计"，其实一般都已经商量好了，基本就是"确定"，这样一来，客流还会减少，这部剧还能顺利上演吗？这新冠真是害人匪浅，再这样下去，我们都快饿死了……

小说家使劲地摇了摇头。他在附近看到一张熟悉的面孔，是老板！"你！去把老板叫来！""噢，是老师呀，您有什么事吗？""总之先把他叫过来！什么事不用你管！"小说家发着脾气，让工作人员把老板叫来。

周围的人听到吵闹声，都开始关注小说家。我说那人是谁呀，真让人不爽……不是那谁嘛！这部剧的原作者……啊，原来是小说家老师呀……一般彩排没必要叫过来吧……毕竟是老板的老朋友嘛……不过，老师，不就是那个人吗……谁呀……听说大约两年前，他杀了自己的妻子，还把这事写进小说里呢……

小说家听了这些，几乎忍不住要出口反击，不过他还是忍住了，尽量不去理会嚼舌根之人。

过了不久，老板飞似的跑了过来，十分客气地对他说："房间都准备好了，看彩排一定累了，您不妨去休息一下吧！"说完老板慢慢地低下了头，小说家看到了他那满头白发，说起来小说家还比他大两岁呢。

小说家哼了一声，跟着老板离开了流言蜚语满天飞的大厅。

他满腹牢骚，到底是在气什么，谁也不知道。

会客厅的门关上了。房间十分简洁，两边各自摆放着一张沙发。

"请坐，老师，您请坐。要喝点什么吗？您最爱喝的，记得是……"

桌子上放着支票薄和水笔，老板看到，赶紧收了起来。

"又让您见笑了。刚才处理事情来着的，一大堆文件……"

"又没问你！你这么认真干吗？"

小说家毫不客气地说：

"你叫我'老师'，我还以为自己在剧里呢，真恶心。"

老板微微一笑。

"那真是不好意思。趁热喝茶……我原想这么说的，但现在凉茶好像更适合您。"

"可千万不要把热的东西递给上门找碴儿的客人，这相当于给对方武器啊！"

"那您有什么事……肝还是不好吗？"

"我才不听医生说的，给我酒。"

"威士忌行吗？"

"要冰镇的。"

老板耸了耸肩,仿佛是想说"真拿他没办法"。

小说家摘下口罩的一边,另一边就挂在耳朵上,喝起威士忌来。喝完后,他擦了擦嘴角,重新戴上口罩,恶狠狠地瞪着老板。

"你想做什么?"

"做什么?我不懂您的意思。"

老板戴着无纺布口罩,遮住了大半张脸,看不到他的表情。刚才小说家看的剧中,三位演员都没戴口罩,但在小说家和老板生存的现实世界中,大家都必须得戴口罩。

"和以前一样,来讲讲你们行业内的趣事吧!老师您成为畅销书作家之后,总会带来一些八卦,这是最好的下酒菜。两人一边喝酒一边聊天,这样不是挺好吗?"

老板为了熄灭小说家的怒火,喋喋不休地说着毫不相干的事情。

小说家终于忍不住了,他说道:

"你擅自改动了我的作品。"

小说家拿着玻璃杯站起来。

"两年前,这世界完全不是现在这样乱七八糟的样子。你找我商量说要把作品改编为话剧。你拿出所有的积蓄,建成了这个剧场,这是你从学生时代就有的梦想。把我的小说改编为话剧，并在这个剧场上演，也是卖点之一。我支持你的梦想，很乐意提供小说，就是当时刚发表的短篇小说《套娃之夜》。"

"真的很感激！二十四年前，您开始走红，成为畅销书作家。我没想到您会答应我的请求。"

"感激？！"小说家勃然大怒，"你还好意思说！我之所以答应你，是因为那次创作讲座以来的情分，看在这么长久的交情的分上……就是这个原因！而你竟然以最恶劣的方式背叛了我。"

老板一言不发。

"那部二十四年前的小说——我的第一部作品《第四十一号密室》，这个题目竟然被你们如此滥用，如此糟践。在原作《套娃之夜》里，作家构思的密室作品题目是《密室中的两人》，你竟然把它……"

"编剧说了这是粉丝福利，只不过是把尽人皆知的《第四十一号密室》这一题目编进去而已。"

小说家呵呵笑道：

"这样一来，作品中'作家'的形象不就和我重叠了吗？这种恶意窜改，太过分了！"

小说家"咕嘟"一口喝下威士忌，好像也要把怒火咽下去一样。

"小说舞台化，我只有一个条件，就是不能改编解谜和诡计部分，其他的人物形象还有故事设定，都随便你们。我对解谜部分有着绝对自信。文字表达、世界观还有故事内涵，就算有所欠缺，但谜题这一闪光点，我从没失手过。正因如此，作为一个推理作家，我才能走到现在。"

"是啊，我也完全赞同，这正是您的魅力所在。"

小说家终于爆发了，大声质问道：

"那为什么要改编解谜部分呢？"

小说家喘着粗气，戴着口罩说话，他感到呼吸困难。

老板沉默不语，只是盯着小说家，好像是在等他出下一招。

小说家慢慢坐回椅子。

"去年，你送来《套娃之夜》改编后的剧本。原作是个短篇，大概六十页左右的篇幅。内容稍有修改，不过故事情节忠实于原作，而且还加上了舞台剧的一些编排，对此我感到十分满意。我从没怀疑或担心过你的改编。如果要说有什么忧虑的话，也是因为这世道深受新冠病毒影响的缘故。"

"新冠，真是受够了！好不容易建成的剧场，一直这样下去的话……"

"这部剧如果走红的话，多少还有点儿希望，但根本不知道什么时候才会解除紧急事态宣言。反复来这么几次，大家的危机感也在变弱。

"总之，今天你叫我来看彩排，也是出于宣传的考虑吧！和同行打电话时，人家说叫原作者去看彩排，这十分罕见。顶多去看首演，或者根本就不会邀请。叫上我是为了宣传，或许也是为了对我表达敬意吧！这样我就不会拒绝你的好意。我也担心会感染新冠，但考虑到两人的交情，还是来了。

"结果，你以最恶劣的方式背叛了我。昨天我收到你送来的演出剧本，简直气到发抖。你是为了让我看这些胡编乱改的东西而叫我来的吗？"

"这可不是胡编乱改哦。"

老板终于以挑衅的口气回答道。

"不，就是胡编乱改！至少有三个地方改得和原作不一样。除了刚才指出的《第四十一号密室》书名，还有三个地方改得更加过分，每个地方都否定了我的解谜思路！

"先从比较小的地方开始说吧！那些书，也就是关于保险柜密码的部分。"

小说家一边说着书名，一边用手指头一本一本地数着。

"《心脏和左手》《妖盗S79号》《红色右手》《出租船13号》《华丽的诱拐》《拨打转盘数字7时》，其中有两本的书名被擅自改动了。《心脏和左手》原作是渡边容子的《左手里的秘密》，而《红色右手》则是日影丈吉《时尚的右京侦探全集》的讲谈社文库版。"

"不好意思，我们搞不到这两本书呀！"

"哈？！这借口也太荒谬了吧。应该只是从书架上随便拿了两本含有'左''右'的书而已吧！而且，还有一本海外作品《红色右手》，这也太不统一了。"

"但是，这并没有改变密码本身啊，您何必这么吹毛求疵。"

小说家哼了一声。

"第二点，年轻男人发现作家妻子尸体时的关键，也就是手机里的火灾报警铃声，简直是胡说八道。究竟是从哪里找来的？难道是年轻男人平时爱听警报铃声，一直存在手机里的？"

"不，不是这样的，这在网上很容易就能找到，比如在视频网站上搜一下……您看，就像这样。"

老板马上操作起手机，打开火灾报警器的视频。"丁零零"紧迫的铃声，刺激着人的神经。

"赶紧关了！这就是你的借口。即使这样，也无法改变你无视我要求的事实。那一幕年轻男人应该更缜密、更细致地解读作家的心理，推断出藏尸之处，而现在竟然……

线索和推理不能改变，你的所作所为完全违反了我们当初的约定。"

"事前没找您商量，在此我向您道歉。但如果按照原稿，台词就会显得有点长，这样就会减少尸体发现时的兴奋之感。所以我们在老师您构思的基础上，进行了改编，使那一幕变得更加出彩。"

"你这是狡辩！你心里不认同我的原作，这一点毋庸置疑。还有，竟然说台词太长？真是笑死人！难道整部戏不都是这么长的台词吗？"

老板面不改色，面对对方的肆意谩骂，他依然镇定自若。

小说家越说越起劲。

"第一点和第二点，你辩解说'没有相应的舞台道具'和'为了舞台效果'，那么第三点呢？你改编的第三个地方，'改编的结果，徒增不合适舞台表现的线索'。"

"此话怎讲？"

"我所说的第三点，指的是地板上的血迹，那简直就是胡说八道。我构思的线索很适合舞台表现，更重要的是它可以清楚地呈现在观众面前，准备起来也不费事。

"而你对地板上的血迹进行了改编。从我所坐的位置，根本就看不清血迹的详细情况。那是重要的线索，这样一来就没了快感。线索必须清清楚楚地呈现在观众面前，这样才有意义。说实话，我实在难以理解为什么要做那样的改编。

"说到改编，还有那最后的部分，纯属画蛇添足，我书中根本就没有呀！不用我多说，就是作家妻子站起来的那一部分。真是太随意了！两个人都想杀死她，结果两人都没发现她还活着，真是让人笑掉大牙！用刀刺，用东西击打头部，竟然都没死？只能说太胡扯了。这就是个胡编乱造的俗烂故事而已。到底是谁杀了她，直到最后也没解开这个谜题，这样的结局很难让人满意。"

小说家紧盯着老板的脸，好像在等他的回答。

房内陷入了沉默。

过了几秒，老板开口了。

"我说……"

"您想说的，"老板说道，"就只有这些吗？"

小说家愣住了。

"你说什么？"

"没什么。如果您都注意到了刚才那些改编的话，那不是应该还有一句话要问我才对吗？"

"什么？你到底在说什么？"

小说家眨了眨眼，好像在看不明生物一样紧盯着老板。

"我呢，"小说家接着说，"在考虑是否要取消本次授权。"

"就因为我作了改编吗？这可不行哦！您的罪行已经水落石出了呀！"

"什么？"

"您看，舞台上作为您分身的'作家'不是说了吗？重要的是现实性。我只是根据您的原作，在这基础上增加了现实性而已。"

"你究竟想说什么？！"

"我认为在您眼皮底下上演的这部剧才是事件的真相——两年又三个月之前，您，杀了夫人，就是那事件。"

小说家瞪大了眼睛。

"我的……我妻子那件事？"

"就是呀！"

小说家一笑了之。

"哈？！你胡说什么呀！你竟然也相信那些无聊的周刊记者的鬼话？"

小说家突然起身，在房间里走动起来。

"的确，在舞台剧的原作《套娃之夜》发表之前三个月，我妻子过世了，这是事实。但那是个不幸的事故，她是被强盗所杀。凶手是为了抢钱，而她刚好在家，所以就被凶手发现而灭口，好伤心啊！真是太令人伤心了。妻子之死和作品的发表，的确在时间上十分接近，所以周刊杂志在这方面捏造莫须有的事实，好像在剧场的工作人员中，也有人相信这种谬论。

"是啊，妻子死后，最悲伤的莫过于我。但我身上毫无疑点，那天我有着完美的不在场证据。我去其他县[①]参加一位晚辈作家的颁奖仪式，这证据不容置疑。竟然说我是凶手，简直是……"

小说家冷笑道：

"也就是说，你认为我就像剧中的'作家'一样杀了妻子啰！你想凭这部剧揭发我的罪行吗？简直让人笑掉大牙！"

"揭发，是呀，的确有可能这么做。"

"什么？"

"两年三个月前您妻子之死，我不认为那是强盗所为，那只是伪装而已。她被杀的背后，隐藏着正如剧中所演的事实。而您在发表《套娃之夜》时，改编了其中几个地方，当然，这是为了不被人看穿。"

老板淡淡而谈，依旧没有失去一丝一毫的冷静。

而小说家却是激动不已，他摇着头说：

---

① 日本的县，行政地位相当于中国的省一级。

"不可能!"

"是啊!嘴巴长在您身上,您爱怎么说就怎么说。"

"你为什么死缠着我不放?甚至连你的员工都……你该不会是爱上过我妻子吧!二十五年了,你还是一点都没变。二十五年前,我俩一起参加某位推理作家的创作讲座时,那时只要一提到女人,你的眼神就会变得忧郁。"

老板冷笑道:

"随便您怎么说都行,但您能够一直这样冷静下去吗?您的杀人罪行马上就要大白于天下了。"

小说家一把抓住老板的肩。

"怎么可能?你到底有什么证据呢!"

老板轻轻地甩开小说家的手,站了起来。

"您记不记得,刚才剧中,最后站起来的女人手上是戴着手表的吗?"

"啊啊,记得,我还留意了一下,觉得这道具根本就没有必要。"

"那是可以连接手机的智能手表,从背面的表盘可以读取脉搏数和睡眠中的一些数据,有助于健康管理。嗯,您太太也一直戴着,您应该知道吧!"

"那又怎样?"

小说家明显感到有些不解。

"那种手表非常方便，只要登录上去，就可以和家人、恋人共享信息，可用于观察家中老人的健康情况和生命体征。从结论上来说，您太太实际上也这么做了。"

"什么？"

小说家皱了皱眉，不停地转动着眼珠子。

"她很担心不在身边的父母，当然，如果只是单方面关心的话，只要把父母的健康数据传给自己就行了。不过她父母也提出说'反正可以共享，那你的数据也传给我们吧'，所以她去世当天的数据也传到了父母的手机上。可惜的是她父母不懂得如何看这些数据。直到她父母在养老院里过世之后，家属检查手机时，才发现了这些数据，而现在这些数据也显示出了它们的价值。"

小说家没有插嘴，只是看着老板。

老板拿出打印好的生命体征数据。

"在死亡当天，您太太的脉搏数存在矛盾。她最后的生命体征数据出现在晚上十一点半。但另一方面，根据从有关方面得到的验尸报告，您太太的死亡时间为晚上六点。晚上六点，那个时候您正在参加颁奖仪式，还拍了照片，不在场证据十分完美，但是那天您借口身体不舒服，七点就离开了会场。虽然说是在其他县，但坐新干线就能赶回来，如果十一点半您已经在家的话……"

"胡说八道!"

小说家大声喊道:

"那又怎样?你那个无聊透顶的结局,根本就是画蛇添足,难不成是我妻子活过来了吗?如此胡闹的侦探小说怎么可能会是真事呢?"

"就是真事。不仅如此,您还假装成是强盗杀死了妻子。您可能觉得这是千载难逢的机遇吧!您就如此讨厌您太太吗?而且您还不满足,把自己的犯罪过程写成了小说,因为您去参加颁奖仪式,有着完美的不在场证据,刚好可以利用。周刊杂志会说三道四,这也应该在您的算计之内吧!通过'网暴',流言蜚语招致臆测,大家就开始看《套娃之夜》。一般说来,大家都不喜欢别人看自己的犯罪记录,但您有着绝对的自信。您就是这样一个工于心计、冷酷无情、不择手段之人。"

老板一直都是恭恭敬敬地心平气和地推理。

"您赋予素未谋面的强盗杀人犯'年轻男人'这个角色。当您回到家时,'年轻男人'已在房间里,故事就这样开始了。也就是说,《套娃之夜》这部小说的结尾是'作家刺伤妻子之后,年轻男人用东西打死了她,这便可以成功地嫁祸于'年轻男人'。实际上故事还有后续,杀死妻子的还是'作家'。之所以要删去这一部分,是因为您不想被人识破吧！"

小说家使劲地摇了摇头。

"不，不是的，事情不是这样的。"

"您说有哪里不对吗？如果有错，那就拿出可以让我信服的证据来。我已经拿到了生命体征的数据，不过还没交给警察。只要我交出去，警察马上就会明白是怎么一回事。这数据是团里的一名员工在养老院打工时获得的。家属在办理退房手续，他帮忙操作手机时发现了这数据。他当时还没意识到这数据的意义，不过这只是时间的问题。"

"我，"小说家抬起头说，"没有……杀自己的妻子，我杀死的是……我真正杀死的是……"

老板面无表情地盯着小说家。

小说家用手掩面。

"'作家'的妻子，那个人……二十五年前就已经死了。"

小说家抬起头继续说道：

"不，不是这样的。大家误读了《套娃之夜》的内容，不，应该说是我自己故意误导大家的。"

"这又是怎么一回事？"

老板平静地问。

"就像你说的那样，我想利用网络走红，于是就想起了二十五年前的那事件。"

小说家对老板的称呼变得礼貌了些。

"是的，我并不是《套娃之夜》中描述的'作家'，我是那个'年轻男人'。那时我还是个年轻作家，因为参加创作讲座，认识了某位推理作家的妻子，并爱上了她。那时你也去听了。"

老板长出了一口气。

"我多多少少有感觉到，但从没想过您会亲口告诉我这一切。"

老板说着，脸上依然看不到一丝惊讶。

小说家摇摇头。

"事情是这样的。那时我和'作家'还不太熟，在他眼中我应该只是只蝼蚁而已吧！真是可笑之极。所以，我非常担心自己会暴露，正如《套娃之夜》前半部分描写的那样，我只能拼命地壮胆前行。

"那本书的前半部分写的都是真事。'作家'想要杀死妻子，不过以失败而告终。而来访的我这个情夫，即'年轻男人'却杀死了她。事实是……从这里开始就不一样了。《套娃之夜》中，'作家'解开了妻子两次被杀之谜，但现实中的他却没有。原稿如果就在那里结束的话……是的，我的威胁成功了，我拿到了他那没发表的原稿，帮他处理了尸体之后，获得了一切。那未发表的原稿指的就是《第四十一号密室》。"

"二十四年前，您凭借那部《第四十一号密室》一跃成为了畅销书作家。"

小说家听后微微一笑。

"你把我作品中的小说《密室中的两人》改为剧中的《第四十一号密室》，目的并不是你刚才所说的'粉丝福利'吧！我当时从'作家'手中夺取了原稿，并发表了《第四十一号密室》，你是识破了这一点吧！"

"您真是太看得起我了！"

老板看似谦虚地说道：

"然而……是呀！那有点不像您的风格，那书写得太过利落了。您的小说中总有一些您不想删掉的部分，就像赘肉一样，而这多余的、游戏一般的部分，反倒成了您的特色。"

"你能明白？"

"当然！我从学生时代开始就看您的小说。"

老板真诚地说道。小说家有些意外地抬起头，盯着老板看。

不久，小说家有些自嘲地说：

"是呀！在那一部作品之后，我就'过时'了。那也无可厚非……构思水平完全不在一个档次。虽然署着我的名，获得了商业上的成功，不过我还是感觉自尊受到了践踏。但我又觉得这是无奈之事，毕竟我杀了他的妻子，我甘愿承受这份惩罚。"

"自甘承受惩罚，这可不像您的风格，事实就是您写了这本书。"

"是的，没错，就是这样！我把自己的犯罪经过写成小说，想要走红。二十五年前的那天，在他妻子横尸的那个房间里，和他斗智时，我感到无比兴奋，热血偾张。平时无论怎么敲击文字处理机或者电脑的键盘，都写不出如此栩栩如生的故事，而这次的犯罪经过却如此精彩，于是我把它写成了小说。写后半部分时，仿佛是在嘲笑解不开如此简单谜题的那家伙一样，我甚至感觉到了倒错的快感。

"不过，接下来我却发觉找不到可以发表的时机。其实这很正常，你看看他的作品就会明白。他塑造的人物形象都很鲜明，如果发表了的话，有可能就会被人嗅到蛛丝马迹。于是我决定就这样将它束之高阁，而重新挖出来是在两年零三个月之前。"

"您夫人被强盗杀了。"

"那案件并不是你所推理的那样。她真的是被强盗所杀，对此我毫不知情，因为当时我正在参加颁奖仪式。那是真正的不在场证据，不容否定。"

小说家看了看老板。

"至于留在手机上的数据，我毫无印象。该不会是错误操作……吧？"

老板耸了耸肩，抓起打印出来的纸说道：

"实际上这份记录是我妻子的。之所以到晚上十一点半就没有数据了，是因为她把手表摘了。这个小道具，很富戏剧性吧！"

小说家可怜地苦笑道：

"哎呀，真是被你骗惨了。事到如今我说什么你可能都不会相信，我真的深爱着妻子。自从妻子死后，我就成了一具行尸走肉。心中空落落的，觉得独自一人无法活下去。就这样我耗尽了所有的才气，除了从那家伙手里夺来的那部作品之外，我再也没有出彩的作品问世，不受世人的肯定，也没人记起我，就当我以为就要这样结束一生的时候，有一天突然有了一个大胆的想法。

"现在，就趁现在把那原稿发表了呢？"

老板不置可否地摇了摇头。

"幸好，我手头还有些存货，足够凑成一部短篇集。不论好坏总会引发话题，到时一定有出版社愿意出版。能出版，一定可以出版的。而且我也有完美的不在场证据。

别人爱怎么说就怎么说。不管别人怎么怀疑我，只要我本身清白就行了。更巧的是，那家伙——推理作家——因肺病去世了，至此就更没人会发现真相了。

"就这样，二十五年前那个疯狂的夜晚，不知谁是凶手，谁是侦探，那个套娃之夜，如今重现了，正如套娃一样，二十五年前的夜晚，和大约两年前的夜晚互换了。二十五年前寂寂无名的我，那个'年轻男人'换成了'作家'。黑和白，凶手和被害者颠倒。这样一来，我重获名声。而且这次是凭借自己的力量获得的！我战胜了那家伙——'作家'，战胜了警察，这是我身为小说家的胜利！而这……而这……"

小说家看着老板说：

"没想到……没想到竟然输给了你。"

老板平静地摇摇头。

"你是什么时候知道的？"

老板清了清嗓子说：

"我一开始就知道了，读到原稿时就发现了真相。您刚才所说的'三处改编'，正是关键所在。

"第一点，保险柜旁边书的题目。那里放着的书基本上都是昭和时期的推理小说。《左手里的秘密》和《时尚的右京侦探全集》刚好是一九九六年出版的。是的，二十五年前。二十五，这个数字，对你我而言都具有特别的意义。

"看看书名，再看看这两人之间富有年代感的台词，我怀疑这应该是很早之前就写好的原稿，只是现在才出版而已。第一，对现在的作家而言，手写原稿，而且把这唯一的手稿藏在保险柜里的设定，根本就不可能，如果改为数据原稿的话，又行不通。尽管如此，这个地方还是不太自然，措辞显得十分微妙，为了隐瞒执笔的时间，都没写文字处理机。因此，就在其中混入《心脏和左手》《红色右手》等二〇〇〇年后翻译出版的书，借此来试探大家的反应。

"第二点就更加简单了。二十五年前，还没有智能手机，也没有智能手表。所以就不可能有手机里的火灾报警铃声，而您却拿来致敬福尔摩斯。承认吧！说'你的改编将会使舞台熠熠生辉'。

"第三点，地板上的血迹，谁也没有注意到，其实这才是'真正的线索'。不知道您是否知晓，当时她也深爱着我，我可以不知恬耻地这么说。她死后，我去整理她的遗物时，在柜子前发现了没有擦拭干净的血迹，那时我还以为是颜料，就用水冲洗掉了。直到读了您的原稿之后，我遥远的回忆复苏了。"

"原来如此啊……"

小说家深深地瘫坐在椅子上,再也没有力气说些什么了。

"我输得很惨,是你赢了。正确来说应该是你的爱的胜利。"

"什么意思?"

"你不是爱着她吗?因此才怀疑我,而且为了复仇还做了这么多。"

小说家说完,老板不禁"噗"的一声笑了出来。

老板一边后退一边高声大笑,好像他体内有什么炸裂开似的。刚才的沉着冷静荡然无存,就像没存在过一样。

眼看着小说家的脸色越来越苍白。

"不会吧,你该不会想要杀我吧!"

"什么?"

"这是推理小说中常见的结局:侦探追查凶手,逼他自杀,把手枪递给他……让他自行了断……"

"不,不!您完全误解我了。而且我是'契诃夫之枪'[2]的忠实粉丝。如果第一幕墙上挂着手枪,那么之后一定就会开枪。最后我突然从魔法口袋里掏出手枪,然后递

---

[2] "契诃夫之枪"是一个戏剧性原则,即:如果在第一幕中看到枪,那么在遵循传统的三幕结构的故事中,它应该在第三幕中使用。反之亦然,在第三幕中开枪的行为应在更早的时候完成铺垫。

给您，这怎么可能？您想错了！我们交情不浅，然而您对我误会很深，请不要把我当作和您一样的肮脏杀人犯。"

"那么你究竟……"

"就像您说的那样，这部剧有两个版本。一个完全忠实于您的原作，还有一个就是今天的彩排，改编过的版本。这两个版本，演员都有排练。改编的版本是我调查之后才完成的，演员们还不太适应。大家都在担心演出是否会因紧急事态宣言的延长而泡汤，所以演员们无法全身心地投入排练之中。事实上，演出的确有可能会因宣言的延长而推迟吧！

"这样一来，我们反而有了时间，到时也有可能把剧本改回去。演员们并没有发现您杀人的事实，虽然有人在闲言碎语，但也就这样而已。不过将来一旦上演改编后的版本的话，那么观众看后会有什么反应呢？"

小说家双唇颤抖着。

"你……是在恐吓我吗？"

"别说得这么难听嘛！我只是把您互换的两个'夜晚'重新换回来而已。这样一来，也许就有人会相信，像剧中那样，是您残忍地杀害了还活着的妻子。啊，不，我说的只是一种可能而已。"

老板呵呵笑道：

"我只是想说,您要不要买下这个改编后的版本呢?"

"这就是恐吓。"

小说家头脑中闪过大厅里工作人员的话。因为新冠,剧团经营困难,不知能撑到什么时候,再这样下去的话,寄托着老板梦想的剧场就要关门……不过,这时出现了一位身怀秘密的小说家,情况会发生什么改变呢?这位小说家功成名就,又相当有钱。而老板手里又掌握着能威胁到他的证据……这样剧团就能生存下去。

契诃夫之枪,他明白那个词的意思。桌子上放着支票簿和水笔。

"好了,老师,您打算用多少钱来买这个剧本呢?"

小说家皱着眉拿起水笔。

屋内气氛十分紧张。

小说家开始写数字,然后撕下支票扔给老板。

老板看着支票摇了摇头。

"这远远不够。没办法,那还是演出……"

"我最多只能给你这些。"

"我调查过您的资产情况,您就不要搞得这么难堪嘛!"

"有了这些钱,足够你维持剧场一年了。"

老板愣住了。

"哈?您什么意思?"

"今天我惨败在你手上。你的手法实在高明,用舞台剧来威胁我,你把我安排在观众席上,令我如坐针毡,害怕自己的秘密会曝光。我坐在下面,有好几次都要叫出声来了,'不要!千万不要!',就像个孩子一样。"

"您想说什么?"

老板惊讶地看向小说家。

"我的意思是……能否也让我参与一下这个计划呢?"

老板耸了耸肩膀。

"这个……"

"就像你知道的那样,我手里有好多作家的花边新闻。恰好有一个人和我的情况差不多,你可以让他提供原作,然后明年叫来看彩排,那时就可以大捞一笔……"

老板讥笑道:

"您这是让我再扮演一次恶棍吗?"

"不要说再一次,你希望的话,多少次都可以。当然按目前的形势来看,一年后仍然可能无法上演,那么到时我再加钱给你。成功之后的报酬的话,给我一半就行,你觉得怎样?"

老板恶狠狠地盯着小说家。

"三成。我要守住剧场,无法再让步了,这是底线。"

小说家沉默片刻,然后扯下口罩,喝完了酒杯中剩下的威士忌。

"好吧，就这么成交！"

"我没想到您这么坏！"

"比起你来可就差得远了！"

小说家伸出手，老板战战兢兢地握了握。

"今后仍请多多关照。"

"嗯……"

老板笑了。

"我没想到您会成为共犯，看来今后得注意不能被您暗算了，您毕竟有过杀人的经验。而现在您还是安然无恙，接下来成为您绊脚石的可是我啊。"

小说家愣住了。

"哈哈，不会啦！不会发生这种事的啦。"

"呵呵呵。"

"哈哈哈。"

两人放声大笑，他们的手紧紧握在一起，手背上青筋毕现。

两人的笑声充满了整个房间。

灯光熄灭了。

*

在放映室开灯之前,编剧愤而起身,怒气冲冲地离开了房间。

他开始自言自语:

"究竟怎么了,这破电影。《套娃之夜》中的两场戏,的确是我构思出来的,但是那和我写的剧本完全不同。至少有三处作了重大改编,每一处都否定了我的解谜过程。"

他独自嘟囔着:

"得尽快找导演问个明白……"

漫漫长夜,没有结束的迹象……

六个激动的口罩人

职业摔角比赛就好似一部电影。
自序盘始便埋下诸多伏笔,
而后慢慢串联起来。

——摘自柳泽健《2011年的棚桥弘至和中邑真辅》
（文春文库）

1

"哟,你到得真早呀!"

我抬起头,看到进来两个高大魁梧的男人。一个身穿紫色衣服,另一个则身穿灰色衣服。

我大方地点了点头。

"请多关照。"

"哎?这次的日程安排和会议室预约,记得应该是T大负责的吧!"灰衣男子说。

"不是,是W大。"我摇摇头说,"我到得早,就先拿钥匙开门进来了。"

这间公民馆①的会议室,是预约借用的,为时两小时。会议室预约和日程安排事宜是各大学轮流负责的,这次轮到W大。六所大学的社团聚在一起开会,使用任何一所大

---

① 公民馆是为地方民众提供社会教育的据点设施,开展与实际生活相关的各种教育、学术和文化活动,尤其注重居民的个人教养提升、健康改善、情操培养,以此振兴生活文化,增进社会福祉。

学的会议室都不太合适，所以经常借用这里。由于是传统社团，日程都是通过信件寄送的。

"现在这种情况，必须一直戴着口罩，好不方便呀。真够痛苦的！"紫衣男子说。

"啊，是呀，都快喘不过气来了。"我说。

灰衣男子则回了句"是吗？"。

"我没觉得有什么痛苦的。平时也总戴着口罩，还不至于满腹牢骚。"

"哎呀，我说你呀，多少总有点不一样吧。我家老妈总是不停地念叨：露出鼻子就等于没戴。这和普通的口罩完全不同。"

"好吧，这么说倒也是。"

灰衣男子很干脆地不再争辩了。

他俩坐到放着自己桌牌的位子上，"啊——"，我终于知道他俩的名字了。

"怎么了你？"紫衣男子可能注意到了我发出的声音，笑着说，"难道你忘记我叫啥了？看我的衣服就明白了呀。我挺注重个性的哟。"

"啊，这也不能怪他。"灰衣男子笑道，"原本就是两个月才开一次的会议，再加上新冠，都已经一年多没开线下会议了。线上虽然开过一次，但忘记对方的名字也没办法啦。"

"对啊，连我都快忘记你那磕碜的样子了。"

"你还是嘴上不饶人啊。"灰衣男子苦笑道。

"不过，"紫衣男子说，"你们不觉得这房间有点冷吗？"

"是啊，最近不是大降温嘛，开暖气吧。"

灰衣男子边说边朝空调操作面板走去，只听到他"哇"地大叫一声。

"怎么了？"我问。

"怎么是冷气呀？一定是换季时忘记切换了。"

"啊啊，这样呀，真不好意思。"我说。

"没想到你还挺粗心的呢。"灰衣男子说，"好了，这下换成暖气了。"

"哎呀，大家都已经来了呀。不好意思哈，这次明明是我们负责的，还要你们来开门。"

接着进来的男人，长着一张娃娃脸，看上去很纯真，他是 W 大学的代表。我记得他，他可以说是本会甚至是 W 大学社团的颜值担当。

"辛苦了。"我说。

"麻烦 T 大了才是。"W 大学的他爽朗地回答，"你们大学怎么样？社团活动重开了吗？"

"总算是可以进入社团大楼了。各社团的邮箱塞得满满的,都快溢出来了,房间里也尽是灰尘……不过还是挺开心的。去年完全没开展活动,真是难受啊。"

"是呀,没错。能够像这样和大家聚在一起,真的好开心。"

他没有丝毫的客套,直截了当地说。

"啪"的一声,又有一人重重地推门而入。只见他戴着自己的头套,因此我一眼便认出是 K 大学的代表。

"我来晚了。"

K 大学代表一边冷冷地说着,一边"咚"地一屁股坐到座位上。看来今天他心情不太好。

"我说,怎么了?" W 大学代表打趣他说,"你已经处于'临战状态'了吗?那我也……"

他一边说着一边从包里拿出自己的头套来。

露出嘴巴和眼睛的头套以火红色为基调,头顶装饰着金毛。红色和金毛,是的,这头套模仿的就是那位美国总统。

他的昵称是"全露马朗普"。

"果然没错,戴上头套就会热血沸腾啊。"

马朗普已经恢复了比赛时的精气神。

坐在桌旁的各位也都戴上了自己的头套。

浓紫色的头套是狰狞的野猪。

灰色的头套是狡猾的老狼。

茶褐色和黄色的头套是老鹰——这是刚进来的肌肉男的头套。

而我戴的是白色头套，模仿的是剧院怪人。

"还有两个人没来——神龙和坂田，都已经到点了。大家也都戴上头套准备好了，那就开始吧。"

马朗普开口说：

"那么，我宣布全日本学生职业摔角联合会第五十次会议正式开始。"

2

全日本学生职业摔角联合会聚集了关东地区六所大学的社团，简称"学摔联"。

该联合会诞生于201X年，当时成员只有T大、W大和K大三所大学。为了响应新日本职业摔角的复兴号召，该会不断扩大规模。顺便提一下，"为什么不是'新日本'，而要取名'全日本'呢？""明明只有关东地区的学生参加，为什么要号称'全日本'呢？"这样的疑问，每次大会上都会被提出来讨论。尽管如此，谁也不知道为什么是这个名称。

我环视了一下桌牌。

W大学代表　全露马朗普
A大学代表　紫色波尔
H大学代表　老狼山冈
K大学代表　鹰眼鹰城

这四位分别戴着金色和红色的头套、紫色的野猪头套、灰色的老狼头套以及茶褐色和黄色的老鹰头套。身穿紫色衣服的是紫色波尔，身穿灰色衣服的是老狼山冈。这下我明白"注重个性"的意义了。

H、W大学里不乏擅长手工之人，他们的头套均采用了不错的面料，而A、K大学则用的是在业余摔角头套的基础上改造而成的头套，布料既没有弹性，又缺乏透气性，戴着很难受。现在因为要预防新冠感染，人们都要戴着无纺布口罩，遮住鼻子和嘴巴，无比难受。而职业摔角头套是露出鼻子和嘴巴的，因此还得在里面戴上无纺布口罩，否则就起不到预防的作用，这样的装束像极了奇怪的强盗团伙。

而我面前的桌牌是

T大学代表　名歌魅影

白色的头套，模仿的是剧院怪人，这是"名歌魅影"的特征。一般来说，头套的材质如果不用棉布的话，比赛时就会有危险。但我的头套是用皮革缝制而成的，只是凑合着用罢了。

还没来的两人是：

S大学代表　神龙四十九世
赛事解说员　坂田大介

"他俩到底怎么回事呀？"我还来不及细想，就听见马朗普问我。

"嗯，应该没错吧，第五十次，对吧？"

我点点头。

"每两个月一次，一年就六次，但去年受新冠影响，没有举行线下会议，唯一的那次线上会议就是第四十九次。"

戴着无纺布口罩再加上外面的头套，声音听起来闷闷的，感觉不像是自己发出来的。

"啊，线上那次吗？记得当时信号不稳定，挺卡的。大家参会又都戴着头套，画面卡住时真的太搞笑了。"

灰衣男子——老狼山冈笑着说。他的作战方法十分狡猾，而且学习成绩也非常优秀。

像这样每两个月一次，各大学的代表齐聚一堂，互相交换活动信息，讨论共同举办的比赛事宜，已成为惯例。这团体的氛围十分轻松，大家又很能喝酒，有时喝到天亮才散场，会议纪要空无一字，这在当时并不罕见。尤其是第三十一次到第三十六次，完全没留下会议纪要，看来是光顾着喝酒了。那一整年的会议过程和内容根本无从知晓，因此被称为"黑暗的201X年"。也因为没有会议纪要，后面的人无法好好传承，都记恨着他们呢。

现在的成员都很热情，也很认真，每次讨论都热火朝天。"不过，"马朗普冷静地说，"今年根本就没有新面孔加入，结果还是我们这帮老家伙撑着。大家的任期都是第三年了吧，一般来说一到两年就要进行替换。"

全露马朗普这一昵称有些下流，不过这在学生职业摔角界很常见。其实他很认真负责，总是为社团和职业摔角的未来着想。他虽然很爱喝酒，但酒量却很差，一旦喝醉就会成为下流段子制造机，听说他的昵称就是烂醉如泥时所取的。

"没办法，没有接班人啊。"戴着紫色头套的男人——紫色波尔——摇了摇头说，"不过，在座的几乎都是四年级吧，或者更老的，老得都快没牙了。"

紫色波尔的言行举止充满了挑衅，他在赛台上也总扮演坏人，观众们老是给他喝倒彩。不过他那坏人的模样是经过潜心研究后塑造出来的，每当他塑造的形象变得更坏时，我都不由得从心底里感叹他"真好学啊"。

鹰眼鹰城则保持着沉默，其实他平时并不这样，不知道今天怎么了。

他戴着茶褐色和黄色的老鹰头套，老鹰捕猎时的绝招是高飞俯冲。顺便说一下，他就是紫色波尔口中比四年级还要老的那位，一直留级，在大学已经是第八年了。

　　"可是，"马朗普说，"因为新冠，今年基本没有新生加入。不过活动还是要好好举办，再不搞活动宣传一下的话，我们都得完蛋。"

　　"会不会是我们太可怕，鸡崽们都退缩了呀。"紫色说。

　　"怎么会呢？"老狼笑着说，"应该是没有举办迎新活动的缘故吧。"

　　"所以接下来的活动才重要啊。"我说，"趁校园祭好好搞一把。大家一起来办，向新生们宣传宣传。"

　　"这行得通吗？"紫色问。

　　"今年的校园祭、文化节，各大学的举办方式可能会有所不同。"老狼说，"大多数学校和去年一样，仍然是在线上举行，而有些学校认为今年的形势比去年好些，说不定会线下举行。"

　　"我们呢，"马朗普说，"找个线下举办的大学，依托他们举办活动就行。"

　　学摔联的"活动"号称"突击演出"，戴着头套的各大学摔角手进行表演赛。其实呢，这根本就谈不上是"突击"，都是事先和校方、活动举办方仔细商量好的。职业摔角爱好者，不打任何招呼突击参加表演比赛，如果做出危险举动的话，会给职业摔角界带来麻烦。也正因为是业余爱好者的集会活动，所以更应对职业选手保持敬意，不能丢了他们的脸面。

"鹰眼，你们学校的校园祭，可以吗？"

"啊？嗯……听说是线上呢，不行啊。"

我打算把鹰眼拉到讨论中来，但他只是漠不关心地回答了一下，然后又陷入了沉默。

"举办活动的话，"紫色说，"要接受《学生职业摔角周刊》那帮家伙的采访吗？"

"还是拒绝算了，那帮家伙太傲慢了，满口污言秽语。"

"不过，就算拒绝他们还是会不请自来吧。"

老狼苦笑道。

《学生职业摔角周刊》社团，就像它的名字一样，成员都是《职业摔角周刊》杂志的老粉丝。它是T大的社团，但经常闯入其他大学，对练习和活动进行突击采访，还乱写报道。作为一个社团应该获得正式的采访许可才行，但他们经常采用突击的方式进行采访，有些报道写得挺正规的，这固然令人开心，可有些报道不经允许就刊登照片，甚至还涉及一些隐私，这当然令人生气。

"可是，这两人怎么还没来呀？"

我一边说一边看了看空位上的桌牌。

S大学代表　神龙四十九世
赛事解说员　坂田大介

神龙四十九世，头套是绿龙的模样，这一绰号是S大学代代相传的，到他已是第四十九代。第一代还得追溯到老虎头套的时代。不过，因为是学生，基本上一年就会换人，以前有的人不到一年就和人决斗，输了就失去名号，有的人不出三天称号就被人夺走，所以这数字并不能作准。

职业摔角低潮期，袭名制一度中止，之后有人在活动室翻出系里的旧笔记，于201X年再度复活了袭名制。不过历史毕竟是历史，不再使用之前的头套，取而代之的是适合选手脸形的定制款式。

神龙四十九世，真名羽佐间二朗。他是同辈中的翘楚，坊间传言将走综合格斗[2]的职业道路。学生职业摔角社团成员中，有的喜欢看比赛，有的喜欢讲述逸事，而立

---

[2] 综合格斗即MMA（Mixed Martial Arts），是一种规则极为开放的竞技格斗运动。MMA比赛使用分指拳套，赛事规则既允许站立打击，亦可进行地面缠斗，比赛允许选手使用拳击、巴西柔术、泰拳、摔跤、咏春拳、跆拳道、空手道、柔道、散打、截拳道等多种技术，被誉为搏击运动中的"十项全能"。

志成为职业选手的人十分罕见。不过羽佐间的天赋极高，虽说鹰眼等其他人实力也很强，但坦白地说，和他相比，根本就不是一个级别的。

其实，名歌魅影、老狼山冈都很羡慕神龙四十九世的袭名制度。201X年学摔联成立以来就引进了摔角手袭名制度。由本科二年级中实力最强的成员袭名，为期一年。所以他们的名字后面都会加上"○世"，不过考虑到重做桌牌比较麻烦，于是就省略了。只有神龙四十九世后面的"○世"予以保留，这也说明他在我们心目中的特殊地位。

鹰眼鹰城也是袭名制，听说现在的鹰眼自从二年级袭名之后，坚决不愿意将称号传给学弟，如有人想要硬来，就凭实力压制。有些学弟很欣赏他的这种风格，也有些晚辈视他为蛇蝎之辈，非常讨厌他，派系相争之激烈可见一斑。K大学内也有其他的摔角手袭名的情况。羽佐间出现后，鹰眼鹰城便公开宣称："只要羽佐间在，我就不会离开赛台。""你这家伙难不成想留级吗？""你这浑蛋竟敢侮辱鹰眼！"社团内被分为两派，纷争不断。

紫色波尔不是袭名制，他和羽佐间同级，两人是小学同学。从大学二年级开始崭露头角，不论是形象还是剧本，都是他原创的。

全露马朗普所属的W大学，每次取名时，都会加入与时事相关的下流段子，比如畅销漫画、当红艺人，还有政治事件等，不尽相同。马朗普这一名字是2019年取的，显而易见地是在调侃当时的美国总统。但他还没参加比赛就迎来了新冠疫情，不知何时该总统也结束了他的任期。但是头套是手工制作的，不便改变名字，于是沿用至今。乍看这似乎和羽佐间没什么关系，但实际上听说是和羽佐间在高田马场的酒吧喝酒时想到的，看来他也深受羽佐间的影响。

是的，可以说我们的核心人物就是同辈中的明星神龙四十九世——羽佐间二朗。

坂田大介来自S大学，他是赛事解说员，活跃于六所大学的社团之中。羽佐间是特别的存在。在学生职业摔角手中，说实话很少有人能以华丽的招数取胜。但如果不能营造热烈气氛的话，选手和观众就会不开心。无法取悦大家的话，坂田觉得作为一名摔角粉丝就太失格了，于是他站了出来，在比赛中起到了关键的作用。对选手无所不知的坂田，能够以他独特的话术激起观众的热情。

他的名言流传至今。"来吧，鹰眼，让我们见识一下你这八年间积蓄起来的能量吧！宣称'大学八年毕业'的鹰眼，就现在，在这里，请找回属于你那不断留级的八年时光吧！"听了这话，就连热血的鹰眼在赛台上也不禁笑了。而坂田自己也大言不惭地说："我要尽一切方法延长待在大学里的时间。"休学、留级、考研，各种手段，无所不用，都只是为了把学籍留在象牙塔内。听说从神龙四十二世的时候开始他就已经在大学里了，至于他的年龄嘛，也变得越发神秘起来。

"我说，神龙四十九世羽佐间平时挺守时的呀，迟到真是太罕见了。"

马朗普说。

神龙四十九世就是羽佐间二朗，这几乎是公开的秘密，有传闻说他其实已经露脸参加了综合格斗竞技。（《学生职业摔角周刊》和学摔联的关系还没破裂时，他曾以羽佐间二朗的身份接受过采访，所以用本名"羽佐间"称呼他也是理所当然之事。）

"有谁知道他的联系方式吗？"

"我知道。"老狼回答，"要不打个电话试试？"

"好呀，说不定他把这事给忘了呢。"

就在那一瞬间，房门开了。

"我来晚了。"

听声音就知道是坂田大介，大家都已经听习惯了赛事解说员的声音。他用极富弹性的声音调侃煽动每一位选手，其中也饱含着对选手们深深的爱。

大家一起看向门的方向。

大家都惊呆了。

坂田戴着神龙四十九世的头套。

羽佐间和坂田，两人的体形完全不同，而这声音绝不可能是羽佐间的，的确是坂田戴着神龙的头套，这一点毫无疑问。

大家都被搞糊涂了，愣在原地。这头套不是羽佐间的吗？怎么戴在坂田头上了呢？

从神龙四十九世的头套的孔中，可以看到坂田那锐利的眼神。他仔细打量着在座的各位，我的身体不由得一阵发紧。

"你，这……"

最先开口的是老狼。

但是坂田并没有马上回答，而是大步流星地走向放着"神龙四十九世"桌牌的座位，然后把包往座位上一放，小心翼翼地从里面拿出一样东西来。

马朗普不禁"呃"了一声。

这才是神龙四十九世的头套。

它和坂田戴着的头套有所不同。

它被撕裂了。

"就这样，名誉被玷污了。"

坂田用他那抓人耳朵的独特声线说。

"哈?"

"夺其性命还不够,还伤他男人的自尊。"

"我说坂田,你在说什么?"

坂田用眼神阻止了老狼往下说。

"羽佐间被杀了。"

"哎?"

坂田说:

"我认为凶手就在你们当中。"

3

坂田的话就像一枚炸弹激起了屋内一片哗然。

"羽佐间被杀了？！啊，这……怎么一回事呀？没听说啊！"

"不，先等等。"

马朗普制止了紫色，然后他把自己的手机递给老狼。

"看，这是今天早晨的新闻，说是在河滩上发现了一具男人的尸体。因为身上没有钱包，所以好像被认为是强盗杀人。死者是……"

"羽佐间二朗，二十二岁……见鬼！我才不信呢，怎么可能？"

我摇摇头。

头套和无纺布口罩的双重防护，让我感到呼吸困难，汗水直流，再加上这意外事件，我的身体越来越不舒服。

"今天早晨刚刚报道，这新闻。我完全没注意到……竟然……这种事……"马朗普再也说不下去了。

今天我也睡到中午，为了这次会议勉强爬了起来，所以根本没看电视或软件上的新闻。

我比较在意的是坂田为什么知道这新闻？是他的消息比较灵通吗？

"神龙四十九世，竟然被一个寂寂无名的强盗袭击而死，真够荒谬的。"

紫色波尔颤抖着说，听声音感觉是在硬撑。作为对手，他和神龙四十九世对抗至今，想必是有着一份特殊的情感在。

"嗯，紫色说得有道理。"我说，"羽佐间就这么眼睁睁地被杀了？一般的壮汉可不是他的对手。"

"……"

鹰眼仍旧沉默不语。

坂田"噗"地笑道：

"我说，你们啊。"

"什么？"

"名歌魅影，你说得对，羽佐间不可能被暴徒杀死。是呀，如果只是暴徒的话。"

紫色听后大吃一惊。

"喂，你这浑蛋，该不会是在怀疑我们吧！"

"差不多，今天脑袋瓜挺好使呀，紫色。你没拿到国际法的学分，快要留级了吧。"

"你提这干啥。"

紫色明显面露不悦。坂田知道选手们的所有事情，与他吵架就太不明智了。

但是这个男人，现在竟然想要来审判我们，他难道想当侦探？

坂田不紧不慢地继续说道：

"紫色说得没错，羽佐间的确不同常人，如果是在赛台上交手的话，他应该不会输。但如果趁其不备，就有胜算。如果只是暴徒偷袭的话，很有可能被反杀，这一点你们应该心中有数。"

紫色咂了一下嘴。

"那这头套又是怎么回事？都被撕裂了……它又为什么会在你手上？还有，你戴着的头套不就是神龙四十九世的吗，为什么会有两个同样的头套呢？"

我问道。

坂田不停地点头说：

"问得好，名歌魅影。你应该很想把魅影的头套换成这充满恩仇的头套吧。"

坂田来了兴致，语气像是在演戏。

"那这究竟是……"

坂田完全无视想要出来打圆场的紫色，接着说：

"我戴的头套是神龙四十九世的复制品。我太崇拜他，所以就做了一个自己戴,这和杀人事件毫无关联。

"神龙四十九世——羽佐间二朗——的尸体在河滩被发现,钱包被偷,这些大家在新闻中都已经看到了。他前脑遭到两次击打,造成颅内出血,这就是他的死亡原因,而凶器就是掉落在尸体附近的铁棍。

"不过发现尸体时,有一件事很可疑,那就是头套。头套纵向撕裂,基本遮不住脸,但还是戴在头上。"

"这简直就是扯下了覆面摔角手的头套啊。"

老狼说。

扯头套最有名的当数猎虎者小林邦昭,他一直执着于扯下老虎头套。有不少粉丝觉得在赛台上扯下对手头套这一行为,就相当于玷污和贬低对手,具有强烈的侮辱性,而他会因此感到兴奋。

"不过,为了这个而杀人……"

马朗普摇摇头说。

"没错。"坂田接着说,"如果想扯头套的话,就在赛台上见分晓!神龙四十九世是羽佐间二朗,这几乎就是公开的秘密。如果对手是紫色波尔,让他来扯头套的话,不是会更热闹吗!我真想来直播……"

"你这家伙,有点跑题了哈。"

我怼他,坂田清了清嗓子回答:

"是我不对哈,不过凶手有意要侮辱神龙四十九世,这一点毫无疑问。羽佐间家就在那附近,他经常在河滩上跑步和训练,应该不至于戴着头套吧。可能是凶手先撕破头套,然后盖在他头上,伪装成'扯头套'的假象。"

"伪装杀人……"

我有些纳闷,到底有谁会想出这么复杂的手法呢?

"总觉得怪怪的。"

老狼嘟囔道。

"你也这么认为?"我说,"伪装杀人,这很难想象啊!"

"不,不是,虽然我也觉得奇怪,但我在意的并不是这一点。"

老狼山冈慢慢地站起来,走向坂田的座位。

"信你也行。新闻也报道了,羽佐间二朗的确被杀了,尸体的情况也正如你所说的那样。

"不过……为什么这头套在你手上呢?"

我不禁咽了下口水。

这么说来的确很奇怪。

"尸体上放着摔角手的头套,这一明显的特征在新闻中也有写。"马朗普说。

"有时候会故意隐瞒吧,为了编造一个只有凶手才知道的秘密。"紫色哼了一声说。

"如果新闻不这么写的话，的确很难断定……即便如此，这头套怎么可能会出现在这里呢。"

头套从脖子部分往上，有两道纵向裂痕。裂面很粗糙，看起来并不是用利刃划开的，估计是用手撕开的，就像是掀开的门帘。

老狼用手帕碰了碰头套，头套内侧卷起，露出额头部分。

那里沾着暗红色的血。

"哇……"

"这是真的？"

"……"

鹰眼盯着头套看了看。

"前脑被打了两下啊。头套内侧相距不远的地方，留有两处明显的血迹。你所说的尸体的情况和头套的血迹完全吻合。这的确是被害人羽佐间二朗的头套，绝不会有错。这么说来……这是杀人事件的物证啊。"

老狼眼神犀利，紧盯着坂田。

"为什么它……在你这儿？"

"为什么……为什么呀？"紫色波尔激动地说，"这东西难道不应该是在警察那儿吗？你拿着这样的东西……不就是说是你杀了他吗？"

坂田无奈地摇了摇头。

"真够冤枉的,竟然怀疑我杀了神龙四十九世。稍微有点脑子的人就不会这么想啊。应该说我是为了维护神龙四十九世的名誉,才把它搞到手的。"

这家伙所说的完全不合逻辑,于是我变得更加警惕了。

但是老狼的反应却有所不同。

"果然是这样啊。"

老狼的神情表明这都在他的预料之中。

"你是第一发现者吗?"

坂田呵呵笑道:

"聪明,不过第一发现者在正式通稿中都被称作'匿名报案人'。"

"老狼,你怎么知道的?"

马朗普问,老狼点点头回答:

"他家就在案发现场河滩的对面,有一次和他去喝酒,他喝得烂醉如泥,是我陪他回家的,所以知道他住哪里。嗯……也许他目击到了河滩上的案发经过吧,还发现了死得十分凄惨的羽佐间二朗。于是他从尸体上扯下头套,为了维护羽佐间二朗,即神龙四十九世的名誉。"

4

"哎？"

我惊呆了，坂田那家伙，想当侦探却染指了犯罪。

"难道不是吗？"坂田提高嗓门说，"我们无法逃脱死亡，也无法避免倒在赛台上，但是他的名誉荣耀被剥夺，尸体还被抛在寒冷的户外，惨不忍睹，对此我终究无法放任不管。这也太残忍了吧！我只是想让神龙四十九世安静地死去……"

"天刚入秋，没那么冷啦。"马朗普吃惊地说，"不过，你的所作所为说起来应该算犯罪吧！说这头套是凶手戴到羽佐间头上的，你拿出证据来呀……"

"烦死了，马朗普！你的名字和言行举止完全不一致！"

坂田无意之中说出了大家的心里话。

"啊，啊啊啊啊啊啊啊，我这名字有什么问题吗？"

"有！你没有想到喝酒时开玩笑随便取的名字，自己竟会如此珍惜；你没想到竟然会有社团成员设计定制了一个头套给你；你也没有想到由于新冠完全参加不了比赛，在此期间那位总统却已经退位了！你骑虎难下，只能继续戴着下流的头套，你怎么可能不在意？"

"别说啦！真的别再说了！不是约好了不在赛台上说的吗？"

"这里可不是赛台哦！"

坂田变得激动起来。

"知道了，知道了，马朗普。我真是郁闷坏了。赛场内外的不愉快与这次事件联系在一起了，不是吗？"

"因为一个下流唛，就被当成犯人，这谁受得了呀！"全露马朗普越发来劲了。

"我们多多少少都有点佩服神龙四十九世——羽佐间二朗吧。赛台上精彩绝伦的表演和平时爽朗的性格之间的反差，还有那压倒性的实力，都让我们为之倾倒。所以为什么我们……非得杀了这个'神'不可呢？"

"真不愧是全露马朗普，对神龙的崇拜远超我们。不过，正因为是'神'，才非得杀了他不可……也可以这么说吧。"

"什么？"

"传闻羽佐间二朗要走综合格斗的职业道路。尤其是马朗普你，听说昨晚在喝酒时还逼问二朗'为什么不选职业摔角呢？'。"

马朗普不禁吃了一惊。

"……为什么你连这个都……"

"你是马场的'红色不倒翁'的常客吧！有位朋友在那里看到你俩发生了口角，是他告诉我的。"

"喊。"马朗普咂了一下嘴说。

"啊，是呀！昨天那家伙叫我去喝酒，和平时一样，在马场的'红色不倒翁'，从七点开始。后来……我喝得烂醉如泥……然后又到羽佐间家里喝。什么时候离开店里的，我都不记得了……"

"这也是那位朋友告诉我的，"坂田说，"说你们是十点左右离开的。"

"是吗？他盯得真够紧的呀……"

"是呀，听说那家伙，还有他哥都和父母住一起呢。"

老狼说：

"羽佐间一俊？听说一俊很担心患病的父母亲，所以仍然住在家里，而二朗今年已经搬出来住了。自从被星探相中，变成综合格斗职业选手之后，他的生活发生了天翻地覆的变化。他说为了不给父母亲增加负担，所以才选择离开了家。"

马朗普有些遗憾地摇了摇头。

"到了羽佐间家之后，发现几乎没有什么喝的东西。

他就把剩下的都倒给我,还说'不够的话,附近有一家店会开到深夜,我带你去喝就是了'。这是他对朋友才会有的真诚,不过他真是个酒鬼啊。"

"最终你们去了那家店没有?"

老狼追问道。

马朗普想了一会儿,有点不确定地回答说:"应该没去吧……"

"哎?这么说来,二朗那家伙,那天很罕见地保留着酒馆的发票呢。第二天,也就是今天早上,我在他家醒来时发现的……"

"哦,那家伙平时明明是个马大哈。"紫色说,"也就是说发票没放在钱包里咯。"

"放在钱包里的话,就会被凶手抢走了呢。"

"是发票,不是收据吗?"

老狼追问,马朗普点点头。

"是的。店名、金额、日期、负责人印章都有,款项是'餐饮费'。而且是很认真地压在台钟下,看来他是真的很想和我 AA 制啊,等我醒来就想让我付钱吧。"

马朗普哼了一声。

"那么如果你们去了下一家店,也应该会拿发票吧。"

"嗯,看来还是没去呀。"

马朗普有点纳闷。

"总之，我醒来时发现自己在他家，而他没在家。我觉得有点奇怪，但还是想着要先来开会，于是用放在信箱里的钥匙锁上门，这一点他之前告诉过我，然后离开了他家……该不会是在我睡着期间，他遭人偷袭被杀了吧。我一丁点儿都想不起来，我都不知道该怎么办，真的毫无印象。"

坂田哼了一声说：

"你看，没错吧，完全不记得了吧。在酒馆发生的口角越来越激烈，马朗普怒火中烧，一气之下把神龙四十九世的脑袋砸开了花！……我感觉是这样的。"

"你这浑蛋！"

马朗普平时彬彬有礼，而此时他露出了狰狞的面容。这里说的"狰狞"没有任何下流的意思。

"你还不招认吗？那就先问问其他人吧。下一个……就是你，紫色波尔。"

"喂！"咣当一声，紫色站了起来，"你这浑蛋，竟敢找我的碴儿？！"

"从动机上来说，你是最可疑的！怎们说呢，你俩虽是发小，但你比赛一直都输给他，一定非常郁闷吧！"

"什么？"

论毒舌，原本天下无敌的紫色，此时却哑口无言。

这样下去可不行。坂田的性格容易杀人诛心，他对大多数学生摔角手的内心都了如指掌。他不断收集选手的信息，应用在解说上。他知道许多人的秘密，而现在竟然开始利用它们来攻击别人。

这谁受得了呀！

我觉得马上该轮到自己了，内心惶恐不安。

头套之中，额头上的汗水止不住地流下来。见鬼，从刚才开始汗水就完全止不住。

坂田继续爆料。

"你俩是发小，从小时候开始，你就和羽佐间一家来往密切，不仅仅是二朗，而且和大他一岁的哥哥一俊的交情也不错。一俊身材魁梧，但胆子很小，完全没有做哥哥的气质。而二朗却茁壮成长，从小时候开始就自带明星光环。你之所以钦佩二朗，是因为小学一年级的时候，你看到了二朗击退霸凌者。"

"……"

紫色一言不发。虽然看不清他脸上的表情，但他头套的款式是双耳外露的，只见他的两只耳朵已经涨得通红。

"你和他们两兄弟关系都很好，即使在上大学之后，还是会一起去海边玩耍，去之前还一起去买泳裤、草帽了吧。"

"我们关系就这么好,不行吗?一俊哥哥,虽然胆子小些,但不是坏人啊。倒不如说他很有人情味,是我喜欢的那种人。他真的很厉害,一直坚持锻炼身体,手掌非常厚实。不过我从没觉得他比我大,他本来今年就要工作的,但是没拿够学分,留级了,所以现在还是四年级。二朗还安慰他来着。这当哥哥的逊毙了,真是的。"

紫色像个坏蛋似的耸了耸肩,笑着说。

"不过正因为这样,你心中一定很郁闷吧。"

"你说什么?"

"从很早开始,你就一直生活在二朗的光环之下,你追赶着羽佐间,考进了当地的同一所高中。你从高中开始,和羽佐间一起锻炼身体,决心要在大学里成为摔角手。但是,最终没能考上同一所大学。"

"你给我闭嘴!"

紫色勃然大怒,坂田呵呵笑道:

"你看,你心里很不爽吧。那之后你不断坚持训练,在摔角台上扮演反派人物,站在神龙四十九世的面前,这无非也是心中不爽的表现吧?!"

"你这浑蛋!"

紫色一下子站了起来。

"来吧,紫色!干他!"

马朗普在一旁煽风点火。

紫色的呼吸变得急促,和坂田扭打在一起。他慢慢地把坂田摔倒在地,然后又慢慢地跨坐在趴着的坂田身上,以恐怖的力量使出骆驼式固定技。

"啊呀呀呀!"

"这就是紫色波尔使出浑身力气的骆驼式固定技!一周前刚开始学的招数,就可以让坂田闭嘴!"

坂田虽然被这一招制得死死的,但他说话的声音里没有一丝痛苦。

"你这浑蛋!怎么连这都知道!"

紫色重新固定了他的身体,当坂田双肩着地时,马朗普在他旁边跪了下来。

"一!二!"

马朗普拍打着地面,开始倒数三秒,声音听起来对他真是恨之入骨。

"喂,你们这么闹的话……"

老狼大喊,就在这时,听到了"咚咚咚"的敲门声。

老狼飞快地跑去开门。"好的……好的……实在是对不起。"只见他不停地点头哈腰赔不是。关上门后,老狼"哈"地叹了口气。

"公民馆管理员说我们太吵了。你们知道这里能够免费使用有多难得吗？如果被赶出去，那就只能收会费去卡拉OK厅了。你们好好想想。"

"不好意思。"马朗普说。

"对不起。"紫色说。

"我才是受害者呀！"坂田说。

"受害者？！说起来不就是你……"

紫色波尔的呼吸又变得急促起来，这时老狼清了清嗓子，紫色马上默不作声了。

"好吧，总之……"坂田接着说，"你心中郁闷，的确有杀死羽佐间的嫌疑。"

紫色保持着沉默，但是他的肩头开始颤抖。

他应该很生气吧，但是他眼角又闪烁着泪光，我大吃一惊。

"紫，紫色你？"

我站起来，把手放在他肩上。然后他把自己的手搭在我的手上，号啕大哭起来。嗯，嗯，同时他不停地点头。怎么了？这样可不像个反派人物啊！

"不，根本就不是这样的。我……我不恨神龙四十九世。之所以和羽佐间报考同一所大学，也是为了考上好大学让父母放心，从一开始我就没想着要和他上同一所大学。其实我早就知道学摔联，还有联合比赛的事。"

"那也就是说？"

坂田问。

"我从一开始就是打算演反派人物的。"

坂田的喉结上下滚动着。

"知道吗？羽佐间他就是光。当他考上 S 大学的时候，我就知道他会袭名神龙四十九世。神龙四十九世就是明星，是光。但是这光，因为有黑暗才会更加闪耀，我甘当绿叶，所以紫色波尔这一摔角手的设定也……头套也……都是我自己所做……这样……能够全身心地投入到自己的角色之中，这是我的幸福。"

我在口罩中张大了嘴，紫色波尔竟然是这么想的。

"紫色……你，为什么到现在才说。"

坂田刚开口问，紫色波尔就抬起头来说：

"我怎么说得出口！这种话……这就是一种信仰。不论是反派还是什么，我都是羽佐间二朗的信徒，他的一位狂热粉丝。但如果承认了这点，我就不再是'紫色波尔'了。坂田，我输给你了。你的确可以轻易地说出很多事，但是我不好说出口呀！"

坂田浑身颤抖着，猛地起身，"啊"地大喊一声，然后紧紧地抱住紫色说：

"太感动了！"

"哈？"我很讶异。

"真的太感人了，你是不可能杀害神龙四十九世的！"

"坂……坂田兄！"

紫色波尔和坂田两人紧紧相拥在一起。

我原本张开的嘴张得更大了，连下巴都快掉下来了。坂田不行，这个男人根本就不适合当侦探。

但是坂田并不甘心放弃。

"那么……那么，剩下的嫌疑犯……看起来有'浓厚的'杀人动机的就只有一个人了。"

坂田离开紫色波尔，这次指着鹰眼鹰城说：

"凶手就是你，鹰眼鹰城。"

"……"

鹰眼更加沉默了，被当作凶手，就越发无法轻易开口了。

"全露马朗普和神龙四十九世是酒友，紫色波尔和他是发小，那么你就是他最大的对手。虽说紫色波尔身为反派人物也有嫌疑，但从身体素质和招数上来看，只有你具有压倒性的优势。"

"……"

"你的动机非常简单。羽佐间二朗打算走综合格斗的职业之路，而从你对训练、比赛的热情中都可以看出其实你也有此打算。在我面前，你伪装得挺好。"

"……"

"你对羽佐间的战绩是八胜九负,多输了一场。总之你也想成为职业摔角手,因此打算走'综合格斗'职业之路的羽佐间在你眼中,无疑就是'赢了就跑'的背叛者。你无法容忍这一点,当然也有情感上的误会。于是在河滩,你挑起了最后一战。"

"坂田,无论怎么说,你这也太跳脱了吧!"我说,"如果真是那样,那用铁棍偷袭得来的胜利又有什么意义呢?"

"有没有意义,这得由鹰眼他自己来决定。"

真是强词夺理,我内心撑道。

"……"

鹰眼仍然沉默不语。

"鹰眼,你倒是说句话呀。"

听紫色这么说,他长出了一口气。他平时并不是这么谨小慎微的人,说话语气也不是这么漫不经心的。

"我被他的强大所吸引。如果要找个对手,那他最合适不过了。有一次合练时,我和他对战,他崴了左脚踝,但是在第二天的比赛中,他动作敏捷,丝毫看不出有任何的痛苦,最后他战胜了我。对此我很嫉妒,心想着一定要战胜他。"

听了他的话，我有些纳闷，总觉得有些怪怪的，明明是第一次听他说起，但不知为何总觉得在哪里听到过。

就在那时，紫色波尔站了起来。

"怎么了，紫色？"

马朗普问，但是紫色波尔好像没听到一样。

"什么呀，你。究竟干什么呀。肉麻死了。为什么要做这种事？"

鹰眼咂了下嘴。

"紫色，你现在发现什么了吗？"

老狼问，紫色看了看老狼，有些困惑地点了点头说：

"这家伙，并不是鹰眼。"

"哎？"

"啊？"

"哈？"

我、马朗普和坂田，三人同时发出了不同的叫声。

"这家伙是戴着鹰眼头套的别人。"紫色战栗地说，"完全不认识的一个家伙。"

5

"等等,等等。"我说,"你究竟是怎么知道的呀?今天的鹰眼的确有点怪怪的。平时总是热情高涨,今天却沉默不语,不过就因为这样而说他是别人,会不会太武断了呢?"

这房间里到底发生了什么?我的汗水喷涌而出,止不住地往下流,像是全力冲刺了好几百米一样。

"冒牌货怎么躲得过我们的眼睛呀。"马朗普说,"我们可都是认识鹰眼的呢。"

老狼摇了摇头说:

"我们现在不仅戴着无纺布口罩,还戴着头套。声音也闷闷的,听不清楚,又穿着和赛台上不同的衣服,衣服里面塞些东西的话,身形也能造假。事实上,就像魅影说的,今天的鹰眼话特别少……"

"证据的话,我有。"紫色说,"刚才都已经暴露了,我其实是学生职业摔角的狂热粉丝。加入这个团体之后,尽管我看不惯他们的做法,但我拥有全部的《学生职业摔角周刊》,一期不落。"

"这真是……"

话说到一半我打住了。

"没事,有什么说什么。我很喜欢它的风格,一直以来,它都极富煽动性……好吧,总之在《学生职业摔角周刊》中就可以看出端倪来。"

紫色波尔一边说着,一边从包里拿出平板来。

"这是?"马朗普问。

"随身携带《学生职业摔角周刊》杂志觉得挺麻烦的,于是我就把它们扫描成了电子文档,这是我自己用的,当然不会公开和传播,也不会用于营利性目的……"

"这……好厉害。"

我不由得咽了一下口水。

"不敢当。……找到了,就是这篇文章。"

紫色把平板递了过来,大家开始传阅这篇报道。

(前略)

编辑Ⅰ 你怎么看与你同期的神龙四十九世呢?

鹰城 我被他的强大所吸引。如果要找个对手,那他最合适不过了。有一次合练时,我和他对战，他崴了右脚踝，但是在第二天的比赛中，他动作敏捷，丝毫看不出有任何的痛苦，最后他战胜了我。对此我很嫉妒，心想着一定要战胜他。

（后略）

"这，这个……"

我发出惊叫声。这完全就是他所说的话呀！刚才的"鹰眼鹰城"，完全只是在背诵这篇报道的内容而已。

紫色波尔说：

"这家伙也真是的，说不定他就是鹰眼鹰城的狂热粉丝呢，竟然能够记住鹰眼说过的每一句话。虽然不知道发生了什么，总之这家伙拿到鹰眼鹰城的头套混了进来。也许是粉丝的扭曲心理，想了解一下我们开会的样子。这家伙原来就没打算要在会议中发言的，直到被当作嫌犯后，他不得已才说出了周刊上报道的内容。"

"竟然是……"

我惊呆了，紫色波尔的推测看起来没错，没想到会和报道的内容完全一致。

"不，等一下。"

老狼尖叫道：

"不能就此断定那家伙和我们毫不相干吧。"

"怎么一回事,老狼?"

"请再看一遍刚才的文章。其实刚才假冒者说的和报道内容相比,有一个地方不同。"

什么?我刚要接过平板时,马朗普说:

"果然如此,我还以为自己听错了呢,看来是真的。报道中崴的是'右脚踝',而他说的则是'左脚踝'。"

"这算不了什么,应该只是记错而已吧。"

"可是其他的地方都没错啊。"老狼摇摇头说,"好吧,也不能完全否定这一可能性。不过,我认为是其他的理由,这家伙应该是在现场看到神龙四十九世崴了左脚踝。"

"是在其他时候受伤的意思吗?"

"不是,假设鹰眼鹰城的确知道神龙四十九世崴了右脚踝……而假冒者则认定他崴的是左脚踝。"

"为什么会发生这样的错误呢?如果早先看过报道的话,他就不会犯这种错误。但是,如果神龙四十九世和鹰眼鹰城对战……实战合练时,如果他站在鹰眼鹰城身后的话呢?"

马朗普突然抬起了头。

"对战当中神龙右脚踝受伤时,在他看来就是左边。"

"是的。那就是他搞错了左和右。这样一来,合练时,他就应该站在鹰眼的身后。至少他是工作人员,更大胆点的话……就是鹰眼的替身。"

鹰眼鹰城，不，那个假冒者不禁发出一声深深的叹息。

"老狼山冈……好像骗不过你的眼睛呢。"

细听之下，发现他的声音和鹰眼鹰城完全不同。

他取下头套，又摘下无纺布口罩，脱了上衣之后发现里面塞着棉花。拿走棉花之后，他身体显得很单薄，和鹰眼鹰城完全不一样。

"这就是我，想笑就笑吧。"

"啊，拜托你不要把口罩摘了，现在这形势。"

马朗普显得有点神经质，他打断破罐子破摔的假冒者的话。

"正如你推测的那样，我的确是鹰眼鹰城的替身。我应该是最熟悉他的，所以才被选中来这里。但是我感到十分紧张，根本不敢开口说话。直到我背诵采访内容时露出了马脚。"

"他本人，现在在哪里呢？"

老狼尖锐地问，而假冒者却闪烁其词。

"……在我们社团活动室……嗯……扣押着。"

"你说什么？"

"那个……我们其实一大早就知道了羽佐间遇害的事，去了社团活动室后……鹰眼反复说着'那家伙死了活该''那河滩就是他的训练场'这些莫名其妙的话……看起来他醉得很厉害,并就这样睡了过去。我们知道鹰眼鹰城脾气暴躁……认为他最终还是做出了这种事……"

"你们认为……?"

"难道……不是吗?如果他干的这事暴露了,那么他的反对派就会利用这千载难逢的良机把他拉下来……所以……"

气氛变得越发诡异。刚才所说的"扣押",该不会是……

"是的……我们把他绑在椅子上,就等他醒来问话呢。"

"那,那简直就是……"

"监……"

我刚想说"那不就是监禁吗?"时,就马上被打断了。

"不是,绝对!绝对不是!等他醒了,我们问完话马上就会……"

就在这时,假冒者的手机响了。

"啊,不好意思,是学弟打来的。"

他和我们打了个招呼,就出去接电话了。

"啊,啊,我们这里会想办法……哎?这可不好办呀……这样啊,有什么变化的话……"

他挂掉手机后,抱着头开始叹息。

"啊……都结束了,都完蛋了。虽然他醒过来了,但是说了一句'无可奉告'之后,就像贝壳一样闭口不语。完蛋了!绝对完蛋了!啊,怎么办呀!"

鹰眼鹰城怎么看都无法得到学弟们的信任,真是可怜啊。

但是这样的话就会失去线索,坂田的追查也只能到此结束,最终事件的真相仍然不得而知。

就在这时,老狼山冈说:

"我有三个疑问。"

6

"你知道些什么了吗?"

山冈点点头。

"虽然明白了,但有些事还想再确认一下。"

他微微低下头,下定决心说:

"首先我想向大家说明一点。接下来我要做的事情,将会曝光别人的秘密,这可能会招致大家的反感。但是如果不这么做的话,坂田估计也会难以释怀。而且在混乱中结束本次会议的话,日后大家见面时一定会觉得很尴尬,我们学摔联可能就会面临解散的危险。因此我想我们至少把事件的真相找出来,不过这可能并不是大家想看到的结果,大家觉得可以吗?"

我们有些困惑地互相看了看(正确来说,除了假冒者之外,大家只看得到对方的眼睛,所以说应该是眼神交流),最终大家都点头表示同意。

"谢谢大家。那么,在开始问问题之前,我们再来讨论一下头套的问题。"

"头套？"

"被害人羽佐间二朗戴着的被撕裂的神龙四十九世的头套。"

大家的目光都聚集到放在桌上的那个头套之上。

老狼站在它的面前，用手帕抓住那破裂处。

"首先我想确认一下，我们之中最早看到它的是坂田和紫色对吧？这头套是神龙四十九世定制之物没错吧？有没有可能坂田戴的是复制品呢？"

"这点没有疑问。"紫色说，"定制的公司是固定的，在脖子位置印有该公司的标志。有这标志的就是定制之物，如果没有就是复制品，你确认一下。"

老狼用手帕把头套翻了个面，抓起印有标志的地方，同时也看了看坂田头套的后面。

"坂田的头套的确没有标志，也就是说这是专门为神龙四十九世定制的头套，确定无疑。

"那么凶手为什么要撕破这头套呢？"

"哎？"

我不由得发出了声音。

"这……根本就没想过。扯下覆面摔角手头套的行为极具侮辱性，代表着伤害了强者神龙四十九世的自尊。凶手为了发泄对羽佐间的怨恨才会这么做的吧？"

"这解释听起来挺有道理的，不过事实又是怎样的呢？头套明显是用手撕破的。事情可能是这样的，当被害人仰面倒地后，凶手抓住他的头部，手指插入头套中，从脖子部位向上撕开。"

"这种撕法和头套的破损情况也很符合。"

老狼指着我说"没错"，接着就不再说话了，他的目的似乎就是为了引我出来说上面的话。

"那么，还有一点，凶手为什么要先给被害人戴上头套后再撕破呢？"

"哎？"

"大家不觉得奇怪吗？很难想象羽佐间二朗在练习时会主动戴着头套，那可是晚上或清晨的户外哦。戴着这种头套练习反而会被认为是可疑之人吧。那么只有一种可能：羽佐间二朗先被杀害，再被戴上头套，然后头套又被撕破。可是为什么不能先撕破后再戴上去呢？这样撕头套时更容易发力，也能减少触摸尸体留下痕迹的风险。"

"确实如此。"马朗普说，"不过，这依然还是为了达到'扯头套'的目的吧。撕破之后再戴在头上，这不是凶手想要的效果，他还是想先把它戴在被害人头上之后再撕裂。"

"因为想这么做，就这么做了。说得极端一点，马朗普所说的就是这么回事。但是我的看法有所不同，现在这个想法存在着一个很大的矛盾。"

"矛盾？"紫色呼吸急促地说，"到底怎么回事？"

"如果被害人是被击打致死之后，再被戴上头套，然后再被撕破的话，那么血迹应该在头套的内侧才对。"

"啊……"

我不禁发出声来。的确如此，刚才老狼翻到头套内侧时，看到的只有两处血迹。在羽佐间前脑位置，只有两处，而且血迹很明显，不是摩擦留下的。

但是如果凶手先打死被害人，然后给他戴上头套的话，不管再小心，血迹的范围也会因为摩擦而扩大。因为这头套是专门定制的，和羽佐间的脸是非常贴合的。

"也就是说……"

我刚想说时，老狼打断了我。

"那接下来我问三个问题。

"第一个，我想问马朗普。最近高田马场的'红色不倒翁'是不是已经采用触摸屏点单方式了呀？"

"你这么问是什么意思？"马朗普问。

但老狼似乎不想回答，于是马朗普接着说：

"的确如此。这也是新冠疫情的缘故，这样一来下单时就可以避免人与人的接触，听说这花了不少钱呢。我还记得当时羽佐间在用触摸屏点单时说'不用叫服务员就能下单,真方便啊'。"

"服务员送来喝的东西时,羽佐间没说什么吗?……那问题就变为四个了。"

"啊,这么说来,他好像有说他所点的东西,比如'柚子汽酒是他的'之类的。"

"明白了。"

老狼没再作其他说明。

"第二个问题,我想问紫色。和羽佐间兄弟俩去海边玩时,买了草帽对吧。你还记得两人的尺码吗?"

"嗯……记不太清了,不过当时二朗试草帽时,一俊也拿过来试戴了一下,结果发现大了许多,都快遮住眼睛了。至少可以说二朗的尺码要大得多。"

"明白了。最后一个问题,想问一下现在不在这里的人——鹰眼鹰城。"

"问鹰眼鹰城?"

"是的。我或许已经知道他闭口不说的原因了。"老狼说。

大家的目光齐聚到他身上。

"真的吗?"

"鹰眼不是因为自己是凶手而沉默不语的,而是因为他知道凶手是谁而闭口不说的。"

"怎么可能？"紫色提高了嗓门喊道，"怎么可能他知道了，而我还不知道呢？"

"你也太瞧不起鹰眼了吧，不过你指出的方向是对的。鹰眼并不是特别聪明的人，如果没看到案发现场，他就不可能找出凶手。也就是说，他一定知道些什么内情，在认真思考之后，就找到了事件的真相。"

鹰眼的假冒者一直目不转睛地盯着老狼。

"喂，能不能和真正的鹰眼通个话呢？"

"……可以。"

假冒者没有表示异议，拨打手机打通了电话。

"是我……啊，鹰眼学长好像不是凶手……嗯，让学长接一下电话……让您受苦了，鹰眼学长。这次是我考虑不周，真对不起您。"

假冒者一边说着一边切换为扬声器模式，然后把手机放在了桌子上。

"你说吧。"

老狼清了清嗓子说：

"是鹰眼鹰城吧！"

"听声音这不是老狼吗？能够找出事件真相的果然还得是你这家伙。"

那是鹰眼嘶哑的声音，隔着电话听起来更加嘶哑，但只要听到过一次，就会马上听出这就是鹰眼的声音。就算戴着两层口罩，声音闷闷的，可没能辨认出假冒者，这失误也真够离谱的。

"鹰眼，我问你一个问题。"

"我不一定会回答哦。"

"但是这样一来坂田就会难以释怀。我理解你的心情，但除了羽佐间，坂田也是你的好友啊。请考虑一下。"

只听得电话那头传来"呼"的吐气声。

"……那，你想问什么呢？"

老狼调整呼吸，终于抛出了决定性的一句话。

"神龙四十九世其实是一俊，对吧！"

"哈？"

"哎？"

"什么？"

大家都表示无法理解。

但是电话那头的声音却十分冷静。

"……竟然查到了这一步呀。"鹰眼用低沉的声音说，"是的。而且杀死羽佐间二朗的就是一俊没错。"

7

"喂,你这家伙,怎么可以同意这种看法呢?"

紫色隔着电话朝鹰眼大叫。

"再怎样也不能侮辱死者啊……没有证据的话,决不能说这样的话,这是对死者的亵渎。"

"那怎么办呢?你要把我摔倒在地吗?"

"在电话里这么说,你太卑鄙了!要不我痛打你替身一顿!"

"哎?!"

假冒者明显感到不安,为了躲避紫色,他在房间里跑了起来。

"今天的重头戏!伪装成宿敌鹰眼鹰城混进来的可疑分子,紫色波尔毫不留情地对他进行狩猎!狩猎!狩猎!就算对方是普通人,波尔也绝不会手下留情,将使出绞杀固定技。"

"救命啊!"

假冒者慌忙跑出了房间。

"出局！"紫色说。

"一、二！"马朗普开始数数。

就在那时，假冒者飞奔着跑回了会议室，好像是被看不见的力量弹回来一样。

"负责人给我滚出来！"

门外传来怒吼声，我不由得浑身发抖，只有冷静的老狼说："我去看看。"他走了出去，然后被狠狠地怒骂了一通。

老狼回来时一脸憔悴，神情有些沮丧地说：

"管理员很严肃地说再这样就禁止我们出入。接下来还请大家冷静些。"

"啊……因为太出乎意料了，所以我们都有些慌乱，不好意思。"

紫色言语中已经没了锋芒。

鹰眼可能是被吓得够呛，已经把电话挂了，真够冷漠的。

我说：

"老狼，你说说你是怎么知道事件真相的？"

老狼微微点了点头，对我们说起个中缘由。

"我最初感到有疑问的是为什么要撕破头套这件事。"

面对头脑混乱不堪的学摔联的各位，他慢慢解释道：

"就像刚才指出的那样，沾在头套上的血迹存在着矛盾。如果是撕破后戴上去的话，血迹就会扩大，但是实际上血迹只有两处，都在被击打的前脑位置，这就说明受害者被杀时已经戴着头套了。

"但是如果只着眼于这一点的话，仍然是无法找出事件的真相的。极端来说也可能存在这样一种情况，比如坂田挑衅鹰眼的假冒者，提出要进行'最后一战'，为了制造逼真的气氛而戴着头套。再深入思考一下，我们就需要把注意力放在头套的撕法上。"

"撕法？"

"是的。之前我们多次谈到扯头套，一般都是把手指伸进眼睛或嘴巴的孔位，然后朝左右的方向撕开。当然如果不怕暴露的话，那么简单粗暴的方法就多了去了。

"而实际上，头套是从脖子部位往上竖着撕开的，就像掀开酒馆的门帘一样。这的确极具侮辱性，但又有些蠢笨得可爱呢。"

"那么这样的撕法还有其他的意思吗？"

坂田兴奋地问。

"当我看到头套被撕裂的样子时……脑海中马上就浮现了这样的画面：手指插进头套的脖子位置，一把扯下头套。"

"啊……"

这么看来，答案就再简单不过了。

"也就是说，凶手扯头套是想知道对方是谁，所以说头套被撕破只是一个结果而已。"

"等一下。"马朗普说，"不过神龙四十九世就是羽佐间二朗一事，尽人皆知，根本就不需要扯下他的头套。如果是像坂田的复制品的话，倒有可能是有人假扮的，但是标志和设计都说明是定制的，这一目了然，根本就没必要特地去扯头套啊。"

"对凶手来说，可不是这样的。因为对他来说，神龙四十九世并不等于就是羽佐间二朗。"

"怎么可能……"紫色摇了摇头说，"难道说羽佐间一俊是神龙四十九世吗？这也太夸张了吧！"

"接下来让我来证明这一点。大家不觉得奇怪吗？神龙四十九世的头套是定制之物，它不同于鹰眼和紫色改造后的头套，具有一定的伸缩性，透气性也不错。那为什么羽佐间二朗所戴的神龙四十九世的头套，一撕就破了呢？这不是材质的问题，而是头套太紧，需要用力才能扯下来的缘故。"

"怪不得刚才你问了草帽的尺寸啊！"紫色拍了一下大腿说，"一俊的头比二朗小，如果一俊是真正的神龙四十九世的话……头套就是为他定制的……对二朗来说就小了，勉强戴上去就会很紧。本不该这么想的，但逻辑就是这样。"

"谢谢。接下来的问题是二朗昨天晚上为什么戴着神龙四十九世的头套呢?抢走哥哥的头套自己戴上,他当然会有嫌疑。

"让我们来想象一下,一俊身材原本就很魁梧,由于不断的训练,手掌也很厚实。也就是说一俊是有格斗天赋的,但是他比较胆小,又内向,所以没办法素颜站在赛台上。其实戴着头套作为摔角手站在赛台上的是一俊,而在表面上二朗是神龙四十九世,这样一来,一俊和二朗都得到了自己想要的东西。一俊作为摔角手体验比赛的刺激,而二朗则获得了名誉。"

"除了头围不同之外,两人的体形的确相差无几……"紫色自言自语道。

"但是这样的和谐局面最终还是被打破了。因为有星探来找二朗——神龙四十九世——谈关于进军综合格斗界走职业道路的相关事宜。当然他们看中的是赛台上能力超群的一俊,但是星探找的却是二朗。而二朗也不是完全没有进军格斗界的想法,于是他便答应了。成为职业选手,他能获得更大的名誉。但是为了达到自己的目的,知道这个秘密的人就成了障碍。"

"哦,是这么回事啊。"坂田摇摇头说,"原来我们弄反了。神龙四十九世不是被害人，是二朗戴着神龙四十九世的头套，想杀一俊才对。"

"没错，戴头套是怕被住在河对岸的坂田认出来。昏暗之中应该看不清头套的样子，但如果是素颜，就会马上被认出来是二朗吧。"

"原来如此。二朗想趁一俊不备杀了他，但未能一击致命，反而因遭到反击而丧命，这就是事情的经过。"

"河滩就是羽佐间一俊的练习场。因为他表面上不是神龙四十九世，所以只能偷偷进行练习。一俊不知道坂田就住在河对岸，还以为没人知道练习一事。

"顺便提一下，鹰眼想必是知道两兄弟的秘密的。烂醉如泥的他曾在社团成员面前泄露说'那家伙死了活该''那河滩就是他的训练场'。请注意他区别使用了'那家伙'和'他'，'那家伙'是二朗，而'他'就是一俊。他连训练场地都知道，想必知道不少内情。二朗不可能去找他商量，肯定是一俊告诉他的吧。"

老狼山冈的推论十分缜密，不容置疑。

"为什么不对我，"紫色说，"对我说呢？"

"正因为是发小，才不容易开口吧。因为他知道你很崇拜他。"

紫色非常沮丧。

"戴着神龙四十九世头套的二朗偷袭一俊,而一俊夺回武器,拼命反击,结果杀死了二朗。一俊隐隐感觉到偷袭自己的人是谁,但是他无法相信这是事实,所以想要看脸确认一下。于是便要扯下他的头套,但由于太紧只能撕破它。头套下面果然就是二朗,一俊深受打击。接下来出场的是坂田,在坂田看来,一俊为了看脸摘头套的行为就是耻辱的'扯头套',于是他带走了被撕破的头套。这样一来情况就变得越来越复杂了。或许一俊当时也已经意识到自己撕破头套的行为在别人看来就是耻辱的'扯头套',但是遭到亲弟弟背叛,这一打击实在是太大了,他已经无心顾及这些了。"

"等,等一下。"马朗普说,"我完全无法想象那个二朗会杀人,再说了,昨天他还和我在一起喝酒……"

"他应该是想利用你做不在场证明吧。不过说起来,和你一起喝酒这才是二朗计划杀人的最有力证据。"

"哎?"

"听好了。羽佐间独自通过触摸屏点单;服务员送来喝的东西时,他只告诉了你哪些是他的;还有他拿的不是收据,而是发票。这三点都意味着同一个事实,你明白吗?"

我大吃一惊。

"是为了不让人知道他自己喝的是什么。"

"说得没错，魅影。二朗点的应该是乌龙茶、柠檬汽水等，这些软饮料不说的话看起来就好像乌龙汽酒和柚子汽酒。而把马朗普点的东西透露给店员后，就不必担心店员说出'点乌龙茶的客人'了。收据上会写明具体内容，而发票只有金额。平时不拘小节的二朗，那天还把发票压在台钟下，好好保管起来，这也表明他想留下去过酒馆的记录。"

"也就是说，那时他根本就没喝醉？"

"他计划偷袭格斗能力超群的一俊，是不可能喝一滴酒的，不过因为需要不在场证明，所以就想出了这个方法。

"马朗普给自己取绰号时——二朗听说过马朗普给自己取绰号的逸事，知道马朗普不胜酒力，于是决定利用马朗普来做不在场证明。马朗普在第一家酒馆喝得烂醉如泥，时间感变得很迟钝。后来二朗带他回家，趁他睡着的期间，二朗去河滩杀人，然后返回家中。至于提到过的"开到深夜"的第三家酒馆，原本是打算杀人回来之后再去的。"

"然而事情却朝着意料之外的方向发展了……"

大家最终都陷入了沉默。

老狼三个问题所指的意思，大家都心知肚明。现在所有的谜题都解开了，但是，一俊和二朗两兄弟的悲剧却重重地压在了大家的心头。

"怎么会这样……二朗……和我……和我商量的话……"

坂田反复喃喃自语，呆然若失。

这时，手机铃声响起。

是紫色波尔的手机。

"不好意思，我接个电话。"

他接起电话，不久发出一声惊叫。他沉痛地看着我们说：

"是羽佐间的母亲打来的，听说一俊已经自首。虽说是自卫，但终究还是打死了弟弟，他无法忍受这份深重的罪责。"

羽佐间的母亲手足无措，只能告诉他们的发小了。

就这样，所有的罪行都大白于天下。

会议室预定的两个小时马上就要到了。

"今天的会议纪要要怎么写才好呢？"

"就不用写了吧。"紫色波尔说，"全是些上不了台面的事情。一俊和二朗的事，如果能不知道，还是不知道的好。警察已经控制了一俊，我们该怎么办，就不必多想了。"

如果联系了警察，那么坂田会因为破坏案发现场而受到牵连吧。因神龙四十九世的秘密而深受打击的坂田，再也受不起折腾了，想必紫色他们是不会这么做的。

"那么会议纪要就不写了吧。"

"没有异议。"

"没有异议。"

"没有异议。"

"没有异议。"

"你也替鹰眼回复一下。"

假冒者听后，"哎？啊！"局促不安地说，"嗯，鹰眼学长应该也没有异议。"

在凝重的气氛中，第五十次会议结束了。

"那么，"马朗普说，"当今形势，也没办法去小酌几杯，就在这儿解散吧。最后的工作就由我……"

"啊，不用了，不用了。"我说，"钥匙是我借的，就由我来锁门吧。"

"好吧。这次明明应该是由我负责的，不好意思，那就……"

待其他五人离开了房间之后，我长长地呼出一口气。

没有异议……吗？

也就是说，我们在找到事实的真相之后，又选择了放弃真相。

但是我……可不能这么做。

"在想什么呢？"

我回头看了看门的方向，只见老狼山冈——灰衣男子——站在那里。

"……山冈，你不是说要回去了吗？"

"为什么你到现在还戴着头套呢？"

我愣住了。

的确我还没有摘下名歌魅影的头套。

"发现鹰眼的假冒者时我吓了一跳，当时完全没想到会有人混进来。真没料到啊。"

老狼把手搭在我头套的顶部，"啪"的一下就扯了下来。因为头套很宽松，一下子就摘了下来。

"啊……"

我连掩面的时间都没有。

"哎哟，《学生职业摔角周刊》的记者。"

8

"关于鹰眼假冒者一事,当出现《学生职业摔角周刊》的报道时,只有你的反应有些奇怪。在紫色波尔注意到之前,你就感到有些纳闷。那时你在紫色波尔之前,就已经注意到鹰眼假冒者所说的就是报道中的内容了吧。刚才我叫你记者,要不要更准确些呢?行不,编辑?"

"等,等一下。"

准确来说,那时的我还什么都不知道,但总觉得在哪里听到过,当时根本就没想到是在引用自己所写的内容。

"会议的出席表、日程安排等,我们都是用信件邮寄的,不知你用了什么方法,抢在T大学的职业摔角社团之前弄到了手。我说过最近学生的社团大楼已经开放,各社团活动室的邮箱都已经塞得满满的。由于新冠,大家还是十分小心谨慎,没有人出入社团大楼,所以你瞅准机会偷走了信件。只要偷走日程安排,就不用担心真的魅影会来,免得到时惊慌失措。"

老狼的推测完全正确。

"现在想起来……"

全露马朗普——红衣男子——走了进来。

"当紫色波尔说'我其实是学生职业摔角的狂热粉丝……拥有全部的《学生职业摔角周刊》'时,你马上说'这真是……',虽然话只说了一半,但后面应该是想说'谢谢'吧,几乎是条件反射一样。"

"这……"

"这么说来……"

紫色波尔——紫衣男子——走进房间。

"当我给大家看电子版时,你不禁说'好厉害',还咽了一下口水不是吗?我还以为你是羡慕我收集的资料呢,实际上应该是身为编辑对这很感兴趣吧。"

"不,不是……"

"现在想来……"

接下来走进来的是鹰眼的假冒者。

"当大家进来时,紫色和马朗普都是素颜,坐下来之后才戴上头套的,而我为了不暴露自己是个冒牌货,一开始就戴着头套。刚才离开时,马朗普说你进来时也是戴着头套的呢。你的行为和我没有两样,这样的卧底采访也太粗心了吧,我说你这位间谍。"

就在那瞬间,老狼以迅雷不及掩耳之势拉开了我外套的拉链。

"啊。"

我穿的外套里面塞着大量的填充物,它们纷纷掉落在地,露出了我那瘦弱的身体。

"哎哟,穿着这玩意,热坏了吧,头套下大汗淋漓啊。"

"这么说来,怪不得我们进来时,开的是冷气呢。看来那并不是忘记切换,而是这家伙有意开的呢。"

"那,那个。"

"问题在于……"

坂田紧握着神龙四十九世的头套走了进来。

"问题在于该如何处置这家伙呢?"

那五人先盯着我看,然后互相看了看,最后大家都戴上了头套。

"等,等一下。谈谈,我们好好谈谈吧。我同意坂田的意见。坂田带走撕破的头套,对此我深有同感。该维护的名誉我会维护的。我绝不会把今天听到的东西写成文字。"

"真的吗?"

"真的!"

"可以相信你吗?"

"当然!"

马朗普从背后来了招双肩下握颈。

"干，干什么！"

紫色趁机把手伸进我的口袋，拿出了 IC 录音机。

"那这个呢？"

"只是忘记关了。"

紫色扔掉 IC 录音机，开始做屈伸运动。

五位激动的头套人，手指关节按得咔咔响，还把紧握的拳头砸向自己的手掌，以此来威吓我。如果他们袭击过来的话，我这个毫无格斗经验的弱鸡，根本就抵挡不住。

"不，不要，住手！我不会写报道！我不会写报道啦！"

"烦死了，之前还写恋母情结这些有的没的东西，不揍你一顿难消我心头之气。"

"还有一俊和二朗的事。"

"那也是理由之一，不过还在其次！"

我经受了所有不成熟的职业摔角招数，赛事解说员坂田则煽动着气氛。

这时，"咚咚咚——"传来猛烈的敲门声。

有人来救我啦！英雄出现了！我满怀希望，激动不已。敲门声宣告了这一出疯狂闹剧的结束。

"救，救命……"

谁也没去开门。门突然开了。

戴着无纺布口罩的公民馆管理人员出现在我们面前。

包围着我的第六个男人。

他呼吸急促,无疑也很激动。

"……你们!从今天开始禁止出入这里!"

就这样,202X年的第五十次会议没有留下任何会议纪要,成了传说中的会议。

人们将它称为学摔联黑暗的202X年。

参考作品·文献

林育德著、三浦裕子译《摔角台边》（小学馆）

梦枕貘编·解说《斗人烈传——格斗小说·漫画精选集》（双叶新书）

柳泽健《2011年的棚桥弘至和中邑真辅》（文春文库）

柳泽健《完本1976年的安东尼奥猪木》（文春文库）

田崎健太《真说·佐山悟 被叫作老虎头套的男人》（集英社文库）

小岛和宏《我的职业摔角周刊青春记录 90年代职业摔角全盛期和真相》（朝日文库）

乔什·格罗斯著、棚桥志行译、柳泽健校《阿里VS猪木 从美国看世界格斗史的特征》（亚纪书房）

别册宝岛编辑部编《新日本职业摔角 被封印的10大事件》（宝岛SUGOI文库）

老虎服部《新日本职业摔角名裁判讲述 古今东西职业摔角手的传说》(棒球杂志社)

新日本职业摔角台监修《新日本职业摔角V型复兴的秘密》(KADOKAWA)

作者后记

初次见面，或许应该说好久不见才对。我是阿津川辰海。

终于完成了第二部短篇小说集。

第一部短篇小说集《透明人潜入密室》出版之后广受好评，因此得以在光文社的《加罗》[①]杂志上继续发表非系列短篇。基本方针和编第一部时并无变化，特此重申。

非系列作品集，尝试多种形式。

不管何种方式，核心都是本格推理。

单篇完结，最大程度地引入当下的社会背景，并充分发挥角色的魅力。

在此基础上，本部作品集共四篇，都如实地反映了当

[①] 《加罗》（*GIALLO*）：日本的推理小说杂志，2000年创刊，季刊，2016年开始电子化。"Giallo"一词在意大利语中是"黄色"的意思，因为二十世纪四五十年代的意大利流行的惊悚、神秘小说多为黄皮封面，故后来"Giallo"可以代指以犯罪、侦探、神秘、惊悚、恐怖为题材的作品。

今世界的真实情况，并尽量避免刻板固化。

这是本部作品集的宗旨。如今我个人也深受新冠疫情之苦，身处艰难时期，很想借作品描绘当今的世态炎凉。每篇作品都具有浓郁的喜剧色彩，但绝不仅仅是插科打诨而已。

接下来，我将就文中所涉及的相关作品和写作背景逐一说明，还请耐心一阅。

《危险的赌博～私家侦探·若槻晴海～》（《加罗》NO.73 2020年9月）

我对硬汉推理始终心怀憧憬，并认为只有成熟的人才能写出好的硬汉推理作品来，因此就算是噱头也好，也想挑战一下这个领域。

我喜欢的侦探有迈克尔·Z.卢因笔下的阿尔伯特·萨姆森、罗斯·麦克唐纳的琉·阿恰，还有若竹七海的叶村晶、宫部美雪的杉村三郎……最近海外涌现出了一些很优秀的硬汉推理作家，比如约瑟夫·诺克斯和阿德里安·麦金蒂等，对此我感到由衷的高兴。上面所举的大都是以解谜著称的作家们，此外我还喜欢驰星周、生岛治郎和河野典生等。创元推理文库的《日本硬汉推理全集》也非常不错。

本文中出现的硬汉推理作家夕神弓弦和他的作品《真宫系列》来源于昭和推理作家结城昌治和他的《真木系列》。我是在好友的强烈推荐下开始看结城的作品的，喜欢他的犯罪小说《光天化日》、短篇集《死去的黎明》《犯罪墓地》等。最近重版的光文社文库的《道匪》精选了几部他的优秀短篇作品，强烈推荐。

为了向若竹七海的叶村晶致敬，我加入了书籍推理、旧书店推理等元素。文中出现的三家旧书店，综合了我喜欢的旧书店的特征，大家如能享受其中，我将倍感荣幸。文中出现的作品都是我自己的钟情之作，十分推荐，尤其是《痛苦的巨犬之夜》这部怪作，一读就难以忘记。

在四篇作品当中，本文的单行本版本和在《加罗》上发表时相比，改动最多。主要是收录进本集子时，正值新冠疫情暴发，因此调整了故事发生的时代背景。同时，我觉得口罩、人与人之间的安全社交距离这些元素也可以用于情节的建构。

此外，结尾部分的修改也令我十分苦恼。当编辑看到在杂志上发表的那个版本时，他对我说："这结局就阿津川来说，收得太过完美了。"于是我陷入了思考："自己在别人眼中究竟是个怎样的作家呢？"的确，当我重读时，我也觉得那样的结局很不对劲，于是就试着改写……没错，现在的版本比较符合我塑造的侦探形象吧。不喜欢的读者可以去看《加罗》版本的"就阿津川来说,太过完美的"结局。

《以"二〇二一年度大学入学考试"为题的推理小说》(《加罗》NO.74 2021年1月)

本部作品的书写灵感来自于清水义范的短篇《语文考题必胜法》,开头引语便引自该文(巧的是我写完这部短篇的2020年12月,正值《语文考题必胜法》新版出版,对此我感到十分惊讶)。文中的家教声称语文考试存在必胜的法则,只要遵守这一法则就一定能够及格。如今看来,就像是"不靠谱的《龙樱》"那样的小说,不过真的非常滑稽可笑。

我想这样的设定是否也能用于本格推理呢?想到的就是"找犯人考试"。大学时代在升学补习校打工时,我就萌发了这样的想法。我心想着迟早要付诸实施,于是就找了光文社的责编商量。不过"找犯人考试"这种稀奇古怪的幻想小说,书写视角不仅仅是被戏耍的考生,还有被卷入其中的大学校方,应该是一个令人感到滑稽可笑的故事——就在那时,我注意到各大学苦于应付新冠疫情而疲惫不堪,感到"现实已经逼到脚后跟",于是赶紧写了出来。

　　本文题目模仿了都筑道夫的《以"怪异小说"为题的怪异小说》。我参考了雷蒙·格诺的《风格练习》和法月纶太郎的《挑战者们》，了解了"用别人的文章混搭拼凑成一部完整的作品"这一手法。那个时期，我买了许多周刊杂志和大学入学考试信息杂志，进行研读。我还参考了法国推理杰作让－米歇尔·张的《禁断的克隆人》，这部SF推理同样是用别人的文章拼凑而成的，结构宏大。而关于介绍推理小说的博客，我参考的是一位敬爱的学长所运营的。学长，谢谢您。

　　找犯人这主题，我曾在第一部短篇集《透明人潜入密室》的《被窃听的杀人》中有所涉及，而这次"找犯人"则被设定为一出闹剧。还请大家在解谜时不必太过较真。

　　我在本文中写道："考试近在眼前，内心极度不安，同时新冠前景不明。也许正是在这样的环境下，能够干脆利落地解决一切谜题的推理世界，才会让人安心舒适。"其实这也部分反映了我自己参加大学入学考试时的心情。在参加考试前，我为了强忍住想要读遍推理小说的欲望，下定决心"复习完睡觉前，看一看布朗神父或都筑道夫的《砂绘系列》就好"。好在我顺利考上大学，当喜欢的作家出新作品时，就不必再强忍着不读了。

《套娃之夜》(《加罗》NO.79 2021年11月)

这是一部尝试以戏剧推理为题材的作品。我原本就很喜欢阿加莎·克里斯蒂的戏剧(除了著名的《捕鼠器》和《控方证人》之外,我还推荐《蜘蛛网》和《海滨的下午》[②]),我也曾深深感动于漫画《【我推的孩子】》的"2.5次元舞台篇"。我的夙愿就是表达我的喜爱并向它们致敬。

文中提到的电影《足迹》便是如此。故事开头讲的是推理作家瓦尔克把妻子的出轨对象理发师廷德尔叫到家里来,当大家还以为他要责备对方时,他竟然提出两人一起偷宝石来骗取保险金。两人之间奇妙的心理战非常精彩,很有看点。电影不断反转,不断变化,深深地吸引着观众——不知是谁提出来的,这种结构的作品叫作"剥洋葱",剥了一层还有一层。这一类型有名的作品有改编自艾拉·利文《死前之吻》的《死亡陷阱》,三谷幸喜致敬《足迹》的戏剧《俄罗斯套娃》(松本幸四郎和市川染五郎的演技很棒,大家一定要看。他俩分别在电视剧《古畑任三郎》的"都是阁下所为"和"少爷的犯罪"中出演犯

---

② 短篇戏剧集,原书名为 *Rule of Three*(1962年)。

人，十分精彩）。

这些作品的特点有："两人加上α，在有限的人数中展开心理战""攻防不断转换的游戏性""作品中会出现'扮演'这一主题"等等。甚至也可以这么说，"每一场景的节奏变化都是精彩的悬疑"。艾拉·利文的《死前之吻》等作品无疑都是如此，《俄罗斯套娃》中的场景切换、节奏变化也实在是太精彩了。

在本短篇《套娃之夜》中，也有这样的特点，全文精心设定，实现多次反转。尤其是有些部分，读者肯定会问为什么要这么设定呀，在这些地方我花了不少精力。如果是电影的话，可以依靠演员的演技来表现，但是我只能使用同一线索，手忙脚乱地实现反转，真是大费周章。

致敬"足迹型"的本格推理杰作有霞流一的《足迹》，致敬《热海杀人事件》的《FLYPLAY 监棺馆杀人事件》，即使是短篇，也因为情节很复杂，十分烧脑，而长篇的话，光是想想就会让人头脑爆炸。

第一次看《足迹》是在大学二年级的时候，当时我之所以能够看到这部电影，多亏了涩谷的鸢屋有出租VHS机和著名电影录像的业务（不知现在还有不？）。记得当时我抱着录像带和VHS机，前往东京大学驹场校区的"新月茶会"社团的活动室，连上电视机观看。这样一来，就成了《足迹》的观看会，原本有的人在打扑克，有的人在打麻将，而一旦开始放录像，不知不觉中大家就都已经紧盯着电视画面，当剧情反转时，大家一齐发出"喔"的声音。有些人原来对推理毫无兴趣，最终也聚在一起看，这给我留下了深刻的印象，也成了美好的回忆。

《足迹》也有重拍的版本，不过从道具、布景和演员的演技来说，我还是推荐大家看旧版。不过旧版只有 VHS 版才有日语配音，现在价格变得很贵。我拥有的是北美版的 DVD，如果哪位伟大的人看到我这篇文章的话，是否可以考虑出日语配音的蓝光版呢……

顺便说一下，本文题目模仿于黑田研二的《玻璃俄罗斯套娃》，这也是一部反转不断，畅快淋漓的优秀作品，是讲谈社 NOVELS 出版的，一并推荐给大家。

《六个激动的口罩人》（《加罗》NO.80 2022 年 1 月）

本集子的第二篇《以"二〇二一年度大学入学考试"为题的推理小说》的题材（大学入学考试）与推理并无关系，但在书写过程中我很有感觉。第四篇我也想找一个与推理没有关系的题材，能让我满怀爱意地写下去。

在和责编的见面过程中，谈到了《早安少女粉的证词——他们狂热的时代》这本书，十五位早安少女组的粉丝接受吉田豪的采访，讲述自己遇见早安少女组之后改变人生的故事。看了这本书之后，我发现职业摔角的粉丝和偶像的粉丝其实差不多，和我的作品《六个狂热的日本人》也有相通之处。

不过我还是很怕写关于职业摔角的小说，这真的是一个很大的挑战，我也找了责编商量，在苦闷之中我读了《2011年的棚桥弘至和中邑真辅》一书。提到职业摔角的历史，大家肯定会想到棚桥弘至，也会和假面骑士的记忆联系在一起……而最终赋予我勇气的是书中西加奈子的解说。她写得实在太棒了，大家有时间一定要去读一下。

于是我下定决心书写，但是如果没有足够的噱头就会写不下去，所以我就找了更贴近自己的设定，选择学生职业摔角和校际社团的题材，并决定自我仿写《六个狂热的日本人》。大家不妨比较一下这两部作品，文中充满了布线伏笔，但还是有不少不同的，其中可见我的苦心。

写作时最具有参考价值，同时最有意思的是梦枕貘主编解说的《斗人烈传——格斗小说·漫画精选集》。既有船户与一、中岛拉莫、今野敏等作家的名篇，也有板垣惠介的《蹴人射门》、千叶彻弥的《倒数十》等漫画名作，是一部非常精彩的作品集。最近关于职业摔角的著名小说有林育德的《摔角台边》，这部怀旧式的优秀短篇小说集，讲的是中国台湾的有线电视台会反复重播以前的职业摔角比赛，有一群人通过看电视重播并深爱着职业摔角——具体来说他们应该是三泽光晴的粉丝们，书中描写了他们对职业摔角的热爱以及他们的现实生活状况。这次为了弥补自己知识上的不足，我看了很多资料和录像，而弥补"情感"的则是这本《摔角台边》。

本作被编辑称为"六人系列"，之前的《六个狂热的日本人》广受好评，曾两次收录进上次的短篇集和精选集。文中出场的人物虽然完全不同，却诞生了"六人系列"。估计还会让我再写两三本吧！光是想想就很头痛，不过还是得看读者的反应来定。

以上四篇又组成了一部奇妙的非系列短篇集，以飨读者。

最后，在此感谢光文社的铃木一人先生，自我出道以来，他一直给予我写作上的指导；感谢光文社的堀内健史先生，他一边承担连载《阿津川辰海·读书日记》的繁重校阅工作，同时还负责我在《加罗》上短篇的编辑工作；感谢光文社的永岛大先生，他一当我责编就开始负责短篇集的工作；感谢青依青女士，继《透明人潜入密室》《星咏师的记忆》文库本之后，再次为我设计令人感动的封面；感谢一路以来支持我的朋友们。还有，我最应该感谢的是我的读者们，感谢你们的一路陪伴。

来日再见。

二〇二二年二月

阿津川辰海

本作品纯属虚构，与现实中的人物、团体、事件均无关系。

阿津川辰海

1994年出生于东京都，东京大学毕业。2017年凭借《名侦探不会撒谎》入选光文社新人发掘项目"KAPPA TWO"而出道。之后发表了《星咏师的记忆》《红莲馆杀人事件》《透明人潜入密室》《苍海馆事件》等作品，均位居推理小说榜前列。